饮食笔记

石磊/著

周颖题

海燕出版社
·郑州·

目录

A   1
爱枣说   3

C   5
茶事崭新版   7
厨师思想家   9
菜场里的女人   14
吃客抄书   15
初秋小味   22
初夏轻风物   23

D   25
东北菜的好说歹说   27
大衣与慈姑   28
淡食三味   29
低碳这笔账   31

F   33
方糕、裁缝与白十盘   35
菲律宾饮食起居注   39
饭事两帧   41

G   43
疙瘩温开水   45

H   47
红尘里的饭   49
黑麦，又红了   51

J   55
久雨   57

L   59
老饕鲁山人   61
菱、枇杷与杨梅   64

M   67
蜜汁火方，
玉台新咏娇妥   69
暮春的好   71
每桌   72
暮春的饮与食   73
米食与面食   75

N	77
牛肉和它的贵妃们	79
糯的东西	80
Q	83
清秋两题	85
秋早	86
清茶与黑咖啡	88
晴天面疙瘩	89
R	91
热食	93
软食	94
S	97
素事两帖	99
T	101
溏心蛋	103
W	105
我的鸡汤	107
晚餐一星期	108
我们为什么对美食喋喋不休？	110
X	111
西班牙小馆	113
小宴	114
Y	117
一个人吃饭	119
腌渍岁月	120
油炸与烟熏	122
一礼拜的碎吃	124
鱼与酒的讲究	125
遇人	127
一个烫字的疙瘩	130
玉露饮	134
与秋老虎周旋	136
1978年老教授家里的吃	137
烟女与烟男	141
饮食笔记	142
Z	145
粥事	147
最后的晚餐	149
做人客	150

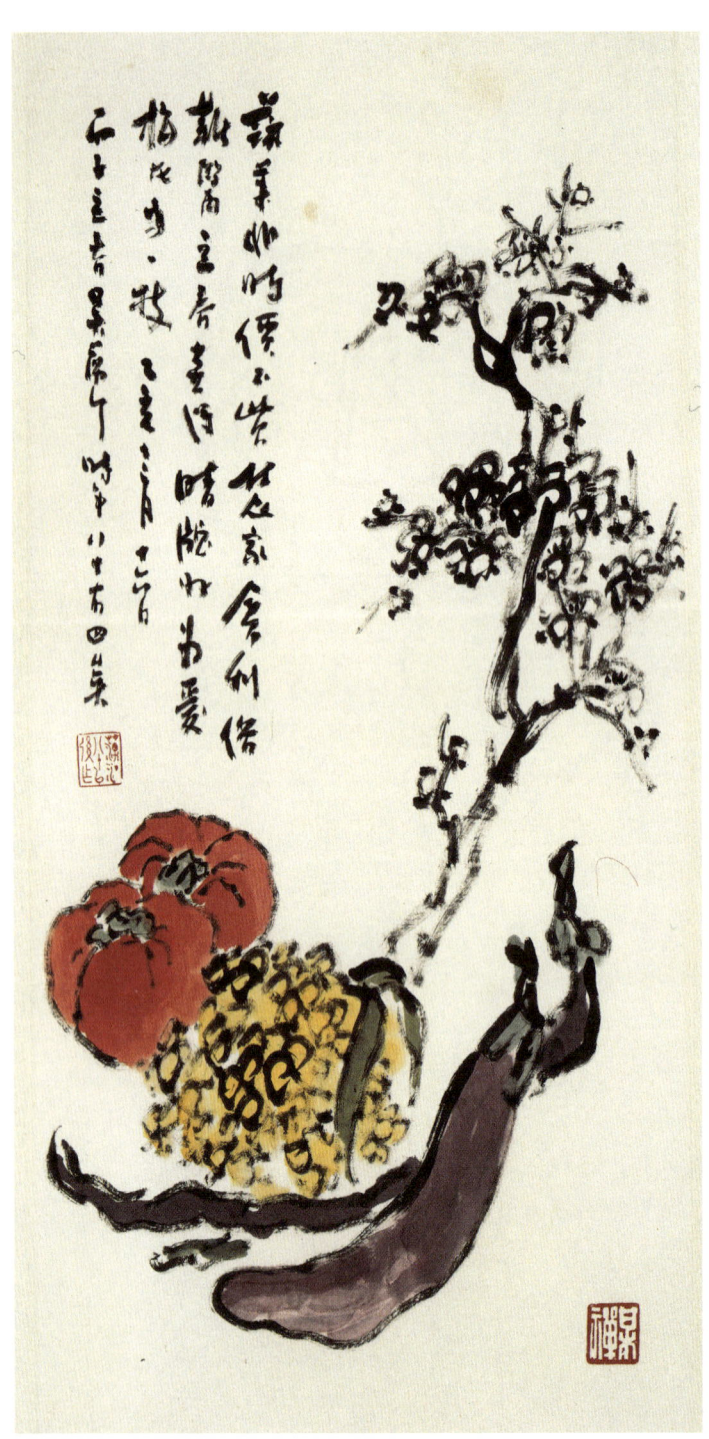

爱枣说

有一种媚惑,一直无力抵御,来自枣的媚惑。

枣的那种红,宽宏大量的甜暖,深沉华丽的包容,仿佛大地之母,通常是一枪就能将我击中。妇人穿一身枣红,不要梳精明世故的严谨发髻,垂一肩松软大卷的浓发,颧骨宽宽,唇吻宽宽,胸膛宽宽,一身恰到好处的袅袅肉香,是我梦里永生不灭的慈母形象。小时候读孟母三迁那种故事,我小小心思里,想着的,就是那样一位软糯枣红的孟家姆妈,黄昏时分立在弄堂口,衣也翩翩,发也翩翩。

后来还是读书,读到文豪的一笔名句:在我的后园,可以看见墙外有两株树,一株是枣树,还有一株也是枣树。在那篇叫做《秋夜》的散文里,鲁迅先生这样别具怀抱地拉开场面,至今还有很多追随者,对这一名句做种种注解。谢谢鲁迅先生,当年没有一落手就贫乏地写"我的后园有两株枣树"。一株是枣树,还有一株也是枣树。那种目光缓缓移动,那种一往情深,对于我这种有爱枣情结的人来说,真是妥帖极了。

再长大一些,就把一切跟枣泥有关的食物,踏踏实实地爱了又爱。

去陆家庄吃饭,饭后甜食,总是枣泥汤团。陆家庄的枣泥汤团,高度纯粹的本地风格,扎实得,像一只粉糯小枕头,满腔的枣泥,香彻云霄。茶足饭饱之后,人人捧着肚子慢慢吃西瓜,瞠目结舌地看着我,一个,两个,三个,不好意思,我通常可以心旷神怡地吃掉四个枣泥小枕头。

每年冬至前后,总要拎几斤黑枣,跑去附近的菜市场,请一位赋闲在家的老妇人,帮忙去核。老妇人一边晒太阳听收音机,一边帮我忙。几天之后取回家,往黑枣肚子里塞进核桃仁瓜子仁,宽宽浇一大盅橄榄油——20年以前是塞一小粒水晶猪油——搁在深锅里,细火慢炖,一两个钟头之后,满屋子肥腴深广的枣香,让人筋酥骨软举步维艰。那是我家冬日最得人心的一个碟子,早一碟,午一碟,深宵床头夜读的枕上,来来,再一碟。

  枣是朴素的平民食物,无论怎么煮,都不会难吃。早餐煮麦片,丢一把无核金丝小枣进去,麦片便香甜迷人。自家磨豆浆,丢一把黑枣进去,磨出来的豆浆,不仅香而且补。煮白米饭,拌些枣肉一起煮,煮出来的饭,色香味都好。

  不过也有一种对枣的厌恶,这辈子,特别不能忍受拿糖或者蜜去腌渍枣子,渍好的枣子,甜得气势汹汹,腻得身世可疑,而枣自己的那股子天香,就荡然无存了。这种腌渍的枣,谢谢,我就不吃了。

茶事崭新版

阴霾天禁足不出门，灯光下乱翻旧杂志。日本杂志，《发现日本》，夏天七月号的封面故事，做的是：日本茶的魅力，已惹世界瞩目。态度严肃，口气厉害，瞬时勾起我兴致，真的吗真的吗，我想看证据。封面沉底照片上，一枚男人的手，倾倒出一盏氤氲淡茶。此种文字，此种画面，一望而知，虽是讲茶，却肯定不是在讲家常起居的茶，而是讲茶的生意经，还是世界性的生意经。这个我要看的。

证据，密密麻麻地来了。

东京目黑，八云茶寮的主人绪方流，与当今法国名厨阿兰·杜克斯，一东一西，两枚老男人，坐下来深谈，茶事以及茶食。杜克斯这个法国人，被日本茶迷得七荤八素的，殷勤刻苦，跑了日本一百多趟。

日本茶的代表作品，玉露，一般冲泡四浦。第一浦，最得醇香之味，是很多茶客的天荒地老之爱，唇齿之间，那一口酽香，广大茶客都是深谙于心的。第二浦，淡了滚滚醇香，多一层纤细而绵密的苦味。我们从小喝惯绿茶的，对这种苦味，已经失敏。杜克斯到底是名厨，对这一层幽静高远的东方之苦，敏锐无比，赞不绝口。讲，苦味，于世界范围内已经渐渐消亡了，人们如今只懂得欣赏甜，淡忘了苦，而苦，其实是一种多么古老的滋味。重新培育人类对苦味的欣赏能力，不光是日本的工作，亦是全世界的工作。杜克斯最近于巴黎开了一间酒吧，以经营苦味鸡尾酒为卖点，苦味的来源，主要是柑橘类的水果。人人都笑他，这种东西，绝对卖不掉的。老男人不死心，自顾自一意孤行。看到这里，想起来，西西里的血橙，有浓重的苦味。西西里隔海，马耳他那个国家，有一种类似可口可乐的饮料，其中的苦味，亦是来自当地的苦橙。包子小时候我们去马耳他旅行，小人还不辞路遥，背回来一堆这种饮料的漂亮盖子和别致商标。

绪方流精研茶食，将日本茶与日本料理，搭得天衣无缝，犹如法国饭饭一菜配一酒那种神韵讲究，这一手，断然迷住了杜克斯。法国人觉得，这个就不光是茶的事情了，而是世界观以及文化态度的问题了。于对谈里，绪方流落落大方，公开了他的私房茶食餐单，全餐八道菜，取三道不同之茶，从滴翠分分的玉露，到厚朴温暖的番茶，最后收束于薄薄艳冶的抹茶，清丽淡泊，贵气森森，配伍的日式肴馔极是得体雍容，难怪法国人扑身倾倒。八道菜内，有一碟，是玉露泡过四巡之后，取那个残茶的茶叶，与细碾成泥的嫩豆腐凉拌，这种十分传统的料理手段，称白和。如此一碟，滋味淡丽，凝绿融融，真真举重若轻，笔简意饶，亦禅亦静亦枯的意境，跟枯山水，于灵魂深处，殊途同归拥了一抱。于一碟子残茶豆腐里，吃出这番深意，不是世界观是什么呢？

东京此类茶房茶食茶沙龙茶酒吧，如今漫然成市，浸淫其中的业者，各有思路主张，活泼可喜，茶情缤纷。大多的店铺中，都置备有烘焙茶叶的铜质或木质的设备，根据天气，口味以及心情，调整烘焙茶叶的尺幅。亦有的，以挖掘日本本地的植物花茶为己任，上穷碧落下黄泉，觅植物，觅香草，翻找老祖母们的古方茶。比如一种赤紫苏茶，调整了老派古方，以赤紫苏与蓝莓之茎，入茶。再一种京都的酸柑茶，以青森的柠檬草以及德岛的酸柑，配茶，最宜夏日饮取。

日本茶的外销，这十多年，呈现井喷式的惊人增长，随着日本料理在世界雄起，连带着，日本茶亦窈窕走向世界。其中，最主要的进口国，是美国。2013年于纽约开张的连锁茶室Teavana Store，今日于美国加拿大墨西哥，已经开出400店铺。玉露茶，被称为Gyokuro Imperial Green Tea。顺便说一句，这家连锁茶室，是星巴克的。

专题最后，列出日本全国名茶大全，我这种吃字比吃茶要紧的人，立刻被那些美不胜收的茶名，给迷住了。京都的一种茶，取名朱雀，太唐朝太唐朝了；静冈的煎茶，得名樱熏；

富士的一种茶,叫寒冷纱;再来一种,叫苍风,叫嬉野,叫雁音。这些美名,过目不忘,像极艺妓的芳名。

然后还学了一手据说最臻妙境的冷泡茶。取茶壶,置绿茶茶叶若干,滚水凉至70摄氏度,冲入,静置30秒,然后迅速投入大量冰块,令茶叶与茶汤,急速降温,3分钟之后,徐徐倾入玻璃茶杯,并且,于玻璃茶杯内搁满杯的冰块,冰茶缓缓倾入,犹如陈年威士忌一般。诸位茶客看到这里大概十分不屑,鄙夷我写得如此粗糙,70摄氏度滚水冲入几分,宜取多大多小的茶壶,茶叶当置几许,等等,一概模糊。darling,其实呢,日本杂志上,统统写得数据分明,按照一人一杯的份量,写得极度精确,是我不耐烦那份候分刻数,自说自话,只录一个大致步骤,并不抄誊数据。饮茶,终究是十分个人的事情,口味厚薄,都在自己手里,何必读数据泡茶呢?

尽管已是腊月门前的天气,还是忍不住试了一下这种冰茶手段。取目前我国市面上最优的瓶装水,益群兄给我的摩周湖水,仔仔细细,亦步亦趋,泡了一壶。嗯嗯,阴霾天气,饮一口,果然凛凛直奔灵魂最深处。至于茶叶,并非日本玉露,亦非我国名茶,是友人家山上,自己出的野茶,嫩极,俊极,无名极。

厨师思想家

我们时代的容颜,一向是被各行各业的思想家们,兴致勃勃,涂鸦而成的。

比如,乔布斯。

比如,Dan Barber。

乔布斯不用说了,说Dan 。

Dan先生是世界级名厨,48岁,名下位于纽约哈德逊谷的蓝山餐馆,列名世界第11名佳馆,米其林三粒小星星。没有吃过他的馆子,听过他一个演讲,《鹅肝寓言》,然后,也就是区区的二十分钟之后，对这个相貌平平的犹太人，我承认，一见倾心。

瘦凛凛牛仔裤的Dan站在台上，跟身躯胖大的传统名厨形象，格格不入，不像是精致名厨，倒像是劳作农夫。鹅肝，吼吼，Dan自顾自干笑两声，开始讲。如今在美国，还有几个厨师不怕死？敢把鹅肝写上菜单？有些州干脆禁止吃鹅肝，另一些州，就算不犯法，动物保护组织的良人们，亦会大吵大闹弄得你刽子手一样臭名昭著罢手投降。鹅肝，众所周知，在鹅鹅们生命的最后两个礼拜，被施以强灌法，填塞大量的玉米入肚，两个礼拜的食量，相当于鹅鹅们一辈子的食量。肝，亦在这关键的两个礼拜里，疯长八倍，变成绝顶美味的玩意儿。肥而不腻，天鹅绒一般丝滑，香而且甜，喷喷喷喷以下垂涎三千尺。格么，Dan继续问，有没有可能，设计一套菜单，美味绝顶却不包含鹅肝呢？可能啊当然可能啦，然而，那就像一场没有类固醇的环法自行车大赛。犹太人的促刻，令人哄堂。

然后Dan讲起了一趟远征，跋涉去西班牙一间农场，1812年起，这里就是一个家族农场，至今四代相传，如今的主人，是西班牙农夫Eduardo Sousa，一百多年来，这家人在这个农场上，种橄榄、种无花果，以及养鹅。他的鹅肝，在那年，获得世界鹅肝第一名，这个奖，叫一见钟情奖，是食材界的奥林匹克。奇妙的是，此人的鹅肝，完全自然生长，不取强灌法，这就一举震惊天下了。奖一出来，颜面扫地的法国人愤怒了，公然质疑Eduardo农夫贿赂裁判，Dan打出农夫的大幅照片，你们看看，这位浑身泥土气息的农夫，像是会贿赂裁判的那种阴谋家吗？然后法国人第二波的愤怒汹涌而至，直批此人的鹅肝，不是鹅肝，理由是，他没有用强灌法，所以他这个不是鹅肝。法国人无理取闹起来，原来亦是比较观止的。

Dan在农场逗留了几天，拼命想搞明白，Eduardo是如何自然养出这种绝色鹅肝的，农夫于是不厌其烦，每天回答他五十遍秘诀：我只是，给我的鹅鹅们，它们想要的。这个听起来，不像是秘诀，倒像是哲学。我让它们开心，它们开心了就猛吃，它们猛吃了，鹅肝就肥美了，为啥还要强灌？农夫叙述

10 饮食笔记

得，简直无辜。举例说明。这个农场的鹅栏，跟所有农场的畜栏一样，亦是通电的，但是这个农场，只通外圈的电，内圈是不通的。外圈电的作用，是防范天敌侵入，不通内圈，鹅鹅们会怡然得多。这么简单的体贴，却不是人人能够做得来的。Dan不解，你你你，你放任你的鹅鹅们，它们不会把你的橄榄你的无花果，毁得颗粒无收吗？Eduardo瞠目，怎么会呢？鹅鹅们吃一半，还有一半我拿去卖，一向如此，从来没有问题啊。

某日，Eduardo拉着Dan，静伏于农场草丛中，听见大群的家鹅，伴着大群的野鹅，拍着翅膀呼啸而来，情形壮观，声势如同巨型飞机着陆。Dan叹为观止，啊，啊，这些野鹅来你的农场游玩哈。Eduardo抹一把眼泪，不不不，这些野鹅，是来我的农场居住。Dan说，老兄你别扯了，鹅么，它天生的基因就是天冷了要往南方去，它生来注定就是要这么干的，它怎么可能留在你这里？Eduardo讲，不不不，鹅鹅不是生来注定要南飞北飞的，它们生来注定是要给自己找到一个快乐生存的地方，它们在我这里找到了，这里一应俱全，它们为什么还要离开？它们留在我家，跟我家的鹅鹅们交配，它们定居了。Dan总结了一下，darling我实在无法想象，会有野猪乐颠颠地跑进现代化的养猪场，跟家猪们挤在不能侧身的栏里，幸福地混下去。

据说，早些年，Eduardo的鹅肝，虽然肥美，却颜色不佳。市面通行的优质鹅肝，是又黄又亮的，玉米强灌下，这种黄亮色，已是人间常识。而Eduardo的鹅肝，是灰色的。然后你知道，天道总是酬勤的。Eduardo在他的土地上，发现了一种植物羽扁豆，鹅鹅们爱吃得不得了，他开始把这种植物的种子收集起来，大面积地种下去，谢谢天，这种羽扁豆，刚巧是黄色的。鹅鹅们大吃之后，贡献的鹅肝，天啊，是荧光黄的。

Dan很好奇，问Eduardo，老兄啊，你怎么会今天才成名的呢？你有这么好的鹅肝，而全世界最好最出名的厨师，比如Ferran Adria，就是你们西班牙人，就在离你不远的地方啊。农夫很简单地回答他，我从来不把我的鹅肝拿给他们，他们不配，他们一点不关心我的鹅鹅，他们只关心肝。

对，Dan是一个名厨，是一个花大量力气，研究食材，研

究永续食材的厨师,他有很多崭新的时代头衔,我最喜欢的一个,是chef-thinker,厨师思想家。任何行业的佼佼者,必是具有独立思考能力的思想家、野心家和革命家,这当中,最首要的,还是独立思考。

Dan四岁的时候,母亲患癌症去世,Dan幼年就开始学习煮饭,大学时代迷上烤制面包,大学毕业在纽约最棒的面包店工作,最后是被革职开除出去的。然后是去法国学厨艺,再回纽约,于中国城的地下厨房开外烩公司,还是非法的,总之早年经历血泪得一塌糊涂。一直到2000年,31岁的时候,终于在纽约开出蓝山餐馆,亦不过是一家小馆子,提供极普通的菜肴。开馆不过几个月,某日Dan从农夫市场扛回几箱子的芦笋,到店里才发现,冷柜里的芦笋,已经扑扑满了。Dan十分崩溃地要求当晚的菜单,每道菜都要用芦笋,冰淇淋都是芦笋的。昏倒的是,两个小时之后,美国举足轻重的餐厅评论家约翰逊·古德走进餐馆,Dan以为这下子死定了,却不料,文章刊出,古德先生赞美得不得了,《山丘之王——蓝山,证明农场餐馆也能够存活于水泥森林的曼哈顿》。Dan感慨无限,"他在我们了解自己之前,定义了我们。他称我们是从农场到餐桌饮食概念的新缩影"。Dan开设这个馆子,确实是以一间家族农场的名字来命名的,据说,古德的一篇食评,让蓝山名满天下,申请到蓝山工作的人络绎不绝。而Dan自己,亦渐渐成为世界级的厨师思想家,以一己之力,影响和推动健康饮食,永续食材,对美国人的传统饮食习惯进行革命。三菜一肉的美式饮食模式,八盎司的牛肉,配二盎司的炖菜,非常不切实际,Dan在他的著作《第三盘》中称,以蛋白质为主的饮食习惯是一种灾难,食用过多的肉肉,不但损害健康,对地球资源的耗费更是伤天害理。二十一世纪,应该把肉食作为配角,把更多的空间,留给谷物和蔬果。事实上,大批先锋厨师,已经在全世界各地如此行动着。

再录一句Dan的金句:要是,你没有跟跟跄跄过,那么,你根本就不能算活过。献给吾国吾民诸位独生子女的家长同志们。

菜场里的女人

喜欢上菜场里看女人，喜欢了很多年，呵呵，乐此不疲的说。有点可惜的是，家门口的那个菜场规模迷你，看得到的女人不够多。天气好的时候，不妨吃得饱饱的，骑个自行车，去远一点的菜场，看女人。比如川沙的啦，唐镇的啦，北蔡的啦，一个村子一个村子地看过去，非常好白相。

蛋档的妇人，天天穿件深色西装卖鸡蛋，头发烫得波涛汹涌的，样子超权威。看见我，就跟我推荐有机蛋，偏偏我不热爱一切有品牌的鸡蛋，跟伊要最小最无名的蛋，乱七八糟的，超没姿色的，我爱那种土鸡蛋。伊闲下来的时候，叉着手，安安静静地东看西看，倒是有一种神定气闲的气象。

蛋档隔壁，是活鸡活鸭档，那个年轻的女老板，是我见过的，最有水浒气质的女人了。尖瘦脸，吊梢眉，杀气腾腾的黑眼，一抹血淋淋的口红。伊穿水靴子，围很脏的围裙，看见伊的时候，不是在飞刀剁肥鸭，就是在剥鸡脖子上那一嘟噜啰里啰嗦的皮。伊长得那么粗犷，可是我喜欢伊比喜欢王菲多得多，不仅因为伊卖的鸡鸭品质纯良，更因为这个女人，一身的八面玲珑水晶剔透真真不是吹的，手里忙得翻飞，眼角扫见老客户走过，百忙之中必定纷飞一两个媚眼，绝对不害羞地丢两声甜蜜健康招呼过去，真是鸡窝里的蓝凤凰。伊的生意好绝好绝，一个小本子，又沾水又沾毛还沾血，写得歪歪扭扭密密麻麻，都是老客户跟伊预订的好物。比如我，礼拜一，包子有越野跑，我跟伊订了一只辽宁土鸡。

鱼档的小妇人，那真是明媚动人，描细细的眉，一年四季穿超短裙卖鱼。如此娇小玲珑的女子，简直就是菜场里的一枝花，伊背后站个胖大老公，不像鱼档老板，倒像肉铺老板。我很八卦的，一边买鱼一边拼命打听人家隐私，你家老公以前做什么的呀？小妇人温柔笑笑，一边帮我收拾乌贼，一边小声答我，伊是解放军呀。原来是退伍军人哦，啧啧。我为这样动人的郎才女貌，认真激动了一会儿。

水果铺的小妇人生得白白净净十分清爽，浑身一团和气半点戾气都没有，贩夫走卒里，亦会有如此明朗响亮一尘不染的女人，真真匪夷所思。从前去伊铺子买水果，常常看见伊望着电视机发痴，这一两年，这水果西施有了新爱好，喜欢趴着绣十字绣，我喜欢看伊，从绣布上抬头起来，那一瞬间的怔忪懵懂，如大梦初醒回到尘世，实在好看。称两个石榴，剥一个柚子，收拾完了，我一出铺子，伊又趴回绣布上去了。

面铺的胖阿姨，我也超喜欢的，连眉毛都粉粉白白的，像个生动的活广告。常常烦伊帮我做一点烧卖皮子糖醋蒜头之类的，还曾经烦伊帮忙做荞麦面，可惜，没做成，荞麦面没韧劲，刚轧出来，就断得粉粉的，胖阿姨懊恼了好一阵子。

吃客抄书

长途飞行之余，苦对阴霾锁城的困顿，解忧解腻解时差与温差的，是手边池波正太郎的随笔集子《食桌情景》。手边这册，1980年4月新潮文库出版，2016年10月第75次印刷，去年女友自东京买来送我。

这几年于日本旅行，添了一件新嗜好，晃旧书铺时，爱买一堆日本的武士小说，池波正太郎，藤泽周平，五味康祐，那票武士小说的老家伙们的经典，断断续续买了一堆。日本的武士小说短小精悍，半文半白，古韵足，笔致老，风月锦绣，一刀了断。阅读口感上，很有点像明清笔记。时时刻刻，手袋里携一册，有事无事，捡起来翻翻，小补。想不到，到了如今这个年纪，居然水深火热爱上这种书书，跌进十足的男生阅读口味。人生无限可能，真理。

池波正太郎的武士小说极好看，不怎么写武士杀伐，仔仔细细写武士过日子，风尘翩跹，市井蒸腾，人情世故周详备至，一点一点看过去，仿佛听蒋月泉说书，一个有许仙有白娘娘有小青青还有法海的温暖人世，扑面而来。日本武士举刀拔剑，大多是一挥而就，很少像中国武侠一打三百回合。既然如此，武士小说就没办法大篇幅写拳脚械斗，写日常烟火成为基本功。东邻诸位文坛领袖，个个基本功过硬，不是一般的厉害。

说半天，还没有说到《食桌情景》。此书是池波名著，据说，当圣经一般读过几十上百遍的读者，大有人在。于时差缠绵里，颠来倒去翻完两遍，对池波的识食与善写，表示一下佩服。

身手俊逸的吃客，大多有一个食育环境佳美的童年，舌头与胃的品质，是自幼培育起来的东西，成年以后休想办到。池波并非钟鸣鼎食人家的子弟，生长于清贫家庭，历经物质匮乏的战争年代。不过呢，他有一位十分懂食物的母亲，还有一位资深匠人的外祖父，爱带着他逛画展、电影院和小饭馆。童年最大的快乐，是拿着母亲给的零花钱，上街先去旧书铺买书，大佛次郎的《雾笛》《赤穗浪士》的初版本之类，然后买街头热气腾腾的小点心，抱回家，偎着火炉，边吃边读。母亲在旁叮嘱，看书看太晚，小心明天上学迟到。简单的童年愉悦，池波三笔两笔，写出悠长浓郁的色香味。如此的童年，看似平平无奇，其实扎扎实实培育了很多东西，今天忙着上补习班学钢琴学英语的孩子们，不幸得很，无疑是白忙了。顺便提一笔，池波那位极端重视食物的母亲，骂起孩子来，亦是从食物下嘴，池波记忆最深的，是母亲骂他，买块豆腐撞撞死算了。倒是我这个上海人，十分熟悉的声口。

下面随便翻书，随便抄书，各位随便流口水。

之一，作为十分畅销的职业作家，池波每日工作于自家书斋，写作之余，最大最重要的生趣，是每日的食事。饭食由太太和母亲煮，池波一个人独食，从不与太太和母亲同桌。为了保证饮食水平，还花钱送太太去专门的厨艺学校上课，那是半个多世纪之前的事情，脑筋如此清楚的男人，仿佛不是很多。再来呢，就是爱写食事日记，不厌其详，一写多年，而且，除了记录当天食物，其他一概不写。写成的日记，一本本地，列在太太的书架上。日后翻阅，虽然只有食物，却能够非常清晰地根据食物，回忆起当日发生的形形色色的事情。这个意外效果，连池波自己都表示比较吃惊。池波说自己幼年十分挑食，战争年代入了海军，入伍第一日，伙食是沙丁鱼乱炖番薯，目瞪口呆之余，于军队里，一举治愈挑食的毛病。

之二，就像每个上海女人皆有自己的一碗私房黄鱼面，每个日本人心头，亦都有自己的一两间私密寿司屋。池波家居东京，最景仰的寿司屋是京都的松鮨，店主吉川松次郎与家人经营的小铺子，老客人终年络绎不绝。池波常常是馋心一动，特地离家，专为这家寿司屋，跋涉一趟京都。不愧精致吃客，专拣下午三点的空档，一个人坐在寿司长台前，缓缓饮酒，叹赏一流寿司匠人制的美食。据说，店主松次郎制寿司时，殚精竭虑，目不斜视，一脸大肃穆表情，寿司制毕端给客人，松次郎方松一口气，面上浮起微笑。日本各行各业的匠人，都秉持有一种剑客的灵魂，聚一念之力，达无人之境。池波讲，他很见不得一边制寿司，一边与客人攀谈的厨师，三心二意，如何制得出上等寿司？遇到这样的厨师，池波掉头就走。这种么，是真懂经了。然后池波再来一句，亦因此，世上很少女子成良厨，女子大多无法如此殚精竭虑于一念，日复一日年复一年，保持如此高精度高纯度的心思，制出水平恒久稳定的食物，这于女子的生理和体质，都是难以做到的。

之三，食日记，抄一节。

某年某月某日，赴老铺丸梅晚餐，精心准备了一天的空肚子，严阵以待。丸梅，仅一间客室，面朝娴静的小庭，一日仅招待一席客人，家庭式服务，极度周全温馨。主人家是九十岁的老太太井上梅，目前掌勺的，是井上家的女儿。制的料理是怀石风格的，但又不尽如此，许多独创心思在里面，风情与滋味，两两难以言表，不是亲眼见过，亲嘴吃过，不会懂。日本的怀石，基本上都是一人一小碟，碟碟不休地摆上来的，丸梅就有点另辟蹊径，凉拌菜是以大钵上来的。胡葱，菜花，银杏，赤贝的裙边，丝瓜，菊花，蔷薇花，等等，全部细切，以味噌与芝麻拌和，滋味微妙，口感复杂，极是俊美。一套怀石料理，临近终点的下饭菜，是丸梅的名物，烤鹌鹑。鹌鹑剔净细骨，渍秘制酱料烧烤，伴滚热的白米饭，当晚全席七位

食客，为这个烤鹌鹑，人人额外添了一碗米饭。随饭的，是蚬贝细肉的味噌汤，蚬贝浓而味噌淡，以及酱菜的新泽庵与千枚渍。

全席并无贵重食材，全靠厨师不凡技艺，以及独副心思，制出品格如此华美之饮食。确实，不得了。日本饮食，最是这种地方，这种人，厉害。

之四，日式咖喱饭，家常西式料理，取材简单，零厨艺也能煮，而且不可能难吃，大人孩子都喜欢，在日本饮食里的地位，有点像中国人的西红柿炒蛋。书中池波写的一篇咖喱饭，猛料集中，好看得密不透风。回忆幼年母亲煮的咖喱饭，战前银座老铺的咖喱饭，池波至今爱于夏日自己下厨弄的咖喱饭，等等。其中尤其意味深长，是写到两位小学时代的老师。

二年级时候的班主任老师九万田贡，鹿儿岛人，三十七八岁的样子，相貌堂堂的九州岛男，跟池波家隔邻而居，太太是教琵琶的老师。这位老师相当严格，对顽皮学童的体罚，从不懈怠。奇怪的是，家长也好学童也好，对这位老师都没有丝毫怨怒。这位老师每日午餐时间，立在课堂里，吃五颗奶油糖代替午饭，然后，把他自藏的画作，打开画轴，挂在黑板前面，跟学生们讲，你们一边吃饭饭，一边看看这些画，我给你们讲讲。池波的外祖父知道此事之后，感激涕零，送了老师一副包袱纱，纱上是平福百穗的手绘画作。这位老师如今已八十多，回到故乡九州岛，偶然上京，遇到池波，还跟当年的学童讲，你家送我的百穗的包袱纱，至今我仍珍藏着。

四年级时候的班主任立子山恒长，每日午餐，爱在附近的小馆子叫外卖，咖喱饭，猪扒饭，牛排之类的豪华食物，与学生们坐在教室里，一起开吃。贫家学子们吃着最简单的自带饭盒，看这位老师刀叉剑戟全套开动，心情可想而知。奇怪的是，也是从来没有听到过学生们对这位老师的怨怒。当年，池波十岁，父母离异，他被寄养在伯父家里，伯父担心池波变成不良少年，暗暗跑去恳求老师，百般拜托。这些，池波都并不知情。某日课后，老师把池波带到无人的图画教室，询问孩子，离开父母，跟着伯父生活，有没有困难？说了几句，外卖送来了一份咖喱饭，是老师特地为池波叫的。池波目瞪口呆，不相信会有这种事情。池波说，这是他一辈子吃过的，最难忘的一餐咖喱饭饭，当年老师的慈爱，一生受用无尽。吃完一份咖喱饭，放下勺子的时候，已经满眼是泪。老师温厚地讲，啊，啊，以后，有什么难处，来跟我讲。前一年，池波在其他老师手里，操行等第全部是乙和丙，到了这位老师这一年，统统回到了甲等。立子山老师如今也八十出头了，现在是一间幼儿园的园长。

池波一生无父无兄，情感相当寂寥，笔下每写到受恩深重的师长，都格外动容。他的恩师长谷川伸，是日本文坛领袖，门下子弟个个杰出，获奖亦是无数。池波自己列直木奖候选，候了六次之巨，候到第六次，已经疲倦，发布当日，满无所谓地跑去京都玩祇园祭，结果这回竟然意外获奖。回到东京，赶紧换了衣服直奔师门，奉告喜讯。老师长谷川冷然听完，连一个笑容都没有，只淡淡答一句，嗯，好。事后，池波听师母讲，你来家里之前一会儿，直木奖那里打来电话，老师听到电话铃响，从书斋飞奔出来，一听喜讯，声音都高了八度。

这段写在《祇园祭》那篇里，篇末最后一笔：恩师夫妻，如今，双双已作古。

之五，池波的外祖父是位做首饰的匠人，家住浅草，谈不上富裕，却信奉干得要好，玩得也要好。略略有点余钱有点空闲，就要野出去白相。外祖父于酒色无缘，所谓白相，通常是先去看戏，看相扑，去上野美术馆看展览，然后是吃点好吃的。池波从小跟着外祖父，看遍上野美术馆的展览，夏日清晨，亦是必去上野不忍池看莲花。浅草中清的天妇罗，金田的鸡料理，美家古的寿司，前川的鳗鱼饭，都是外祖父带着他吃大的。

池波的这册《食桌情景》，确实有很多读者拿来当米其林指南，一间一间去敲门寻芳，几乎间间都是百年老店，当然也有披沥战火以及地震，歇了业的。池波自己在后记中写，日本的饮食环境正在发生激变，这册随笔的意义，恐怕在于忠实记录日本人的饮食历史，几十年之后，我们大概不再记得今时今日的日本人，究竟吃了些什么。池波当年这句话，用在今天的中国，一样合适不过。健忘的我们，好像已经不太记得，二十年、三十年之前，我们曾经吃的是什么了。

于《好事福庐》一篇中，池波写到，曾祖母故世，是在夏天。那两个月里，每日放学回家，出门去玩之前，池波的日课，是去厨房煮素面，煮成的素面，于冷水下冲凉、沥干，调合好酱汁，端到二楼曾祖母的病室。曾祖母那两个月，日日等待这碗素面。弥留之际，拉着池波的手，说，谢谢你的素面，那么多日子。

人间有情，情在饮食里。

之六，《菓子》一篇，写零食。

池波幼年，上世纪二三十年代，日本孩子知道的西式的零食，唐纳子、泡芙和鸡蛋糕三种。泡芙，简直是可以吃得热泪盈眶的天外美食。但是，浅草生长的孩子们，还是有土生土长的各色零嘴，糖果、番薯、各色奇奇怪怪骗骗嘴巴的小玩意儿。

池波讲，他一辈子，最心仪的菓子，是长命寺山本屋的樱饼。三百年历史，外皮白，凉，薄，内裹口味清爽的豆沙馅子，再裹一枚芬芳的盐渍樱树叶子，十分简素的菓子，好是好在三百年不变，有古风，有古味，以及古意。看到这种地方，是要扔下书卷，绕室彷徨三个圈圈的。darling，如果你想得起来，吾国吾民，亦有三百年滋味不变的菓子，请你告诉我，我一定要，飞奔去领略。顺便说一句，樱饼上的这枚樱树叶子，出自三百年的老樱树。

类似的古意盎然的菓子，池波还写到言问的团子，黑门町兔屋的铜锣烧。

名古屋的两口屋，出一种糖，称"二人静"。上品的砂糖，染红染白，小而浑圆，两粒粒以薄纸相裹，配浓茶饮，极是楚楚有品。富山的小矢部的五郎丸屋，出一种"薄冰"，亦佳美。此外，大阪法善寺的夫妇小豆粥，桃林堂的五智果，京都北野天神的长五郎饼，今宫神社内的烧饼，皆是池波的心爱零嘴。

嗜酒的男人，一般不嗜甜食，酒后的甜食，亦被认为于健康极坏。池波还是贪嘴，写了整整一篇菓子。

爱菓子的老男人，其实，倒是别有风致的。我是一直都喜欢，有老男人陪着吃甜食。

初秋小味

之一，秋风薄薄一起，人的油腻心思便旺盛起来。清早床上睡醒睁大眼睛，思念一枚滚锅里拎出来的脆嫩油胖的油条小姐。旧城起居，有一个好，烧饼油条铺子，三步一间五步再一间。下楼，拐弯，对面就有。假日清晨，街上空旷静谧，行人寥落。细雨里走过拐弯的街口，忽然一句嘹亮的小号，珠圆玉润喷薄而出，于梧桐落叶清秋雨中，真真叫人灵魂出窍思忖不已。呆呆立在街口，一句一句听完，久久才明白，清空之中的小号，是哪里窜出来的。

吹小号的，是街口停着待客的一辆出租车，中年老司机坐在驾驶座上，辉煌吹出来的。见他一曲吹毕，清清小号，再接再厉，不费吹灰之力，又来一曲。我飞跑过去买油条，飞跑回来立在街边听，怀里抱着浑胖的油条小姐，生怕错过了如此的良辰美景。出租车司机带着小号上街做生意，偏又不爱下车来吹，人家是自娱不是卖艺。中年老司机一件微末白衬衣，身材轻肥，面目端详不清，不知前生是哪间乐团的首席。此时此刻看起来，本埠老司机比Chris Botti俊俏多了。江山人才，谢谢天。

第二天清早，掐着时点，下楼拐弯去买油条，小号没在，四周望了又望，还是没在，大惆怅。

当然了，这样的邂逅，怎么可能天天发生呢？

之二，晃去苏州吃东西。新聚丰吃一下，清炒虾仁樱桃肉，一清一浓，都不错。至于最好，自然还是饭后那盅鸡头米，此物正当清秋时令，鲜俊无比，天下似乎惟有苏州人最懂这个。跟饭伴解释半天,就是芡实啦。饭伴瞠目,芡实?芡实不是打成粉吃的吗?

东晃西晃,看见桂花糖炒栗子的小铺子,糖炒栗子无甚稀奇,桂花二字,芬芳妖娆,断然迷住了我。晃过去,立在铺子跟前,一粒一粒剥来吃,油栗好吃,板栗差一皮,跟卖栗子的苏州老伯一句一句闲聊,栗子都是本地东山的,而且都切了一刀来炒,问他炒一斤栗子放多少糖多少桂花,就顾左右不肯告诉我。苏州老男人最会这种又软又精,棉花拳头一套一套的。友人看我那么旁若无人地吃,有点胆颤心惊,默默高举两张十元大钞在手里,怕人家老伯拍案生气把我扔出去。叫伊一起吃,反正没有旁的客人,人家一面孔正人君子,我们买回去吃好不好?白伊一眼,不好。糖炒栗子呢,就是立在铺子跟前,热腾腾刚出炉的,才可吃,拎回家,冷僵僵的,还有什么好吃的?友人叹气,你你你,你这个,是吃火锅。卖栗子的老伯一点没嫌弃我,一脸笑容看着我吃,吃完拍拍手,指着旁边堆成一山的栗子壳,问老伯,多少钱?人家很客气,半斤差不多了,给十块钱吧。出了苏州,糖炒栗子不知哪里还有桂花的?

再晃晃,太监弄口子上,看见一家卖菜的小铺子,门口放着一袋子新鲜的银杏白果,立刻如获至宝进去跟老板买,上海还没有今年的新货上市,苏州到底是依偎着东山,果子新鲜饱满壮丽极了。友人一边帮忙付钱一边问这个东西怎么吃,跟伊讲,煲鸡汤,滚白粥,炖雪蛤银耳,件件美好。然后忽然想起来,抬头问老板,你们苏州人怎么吃?老板十分轻蔑地拿眼角扫我一眼,铿锵答:炒虾仁。

啧啧,完败给苏州人。

初夏轻风物

之一,本埠初夏,雨水浑多,日复一日,挥之不去,清一色,那种一水浓阴的天气。于如此乌苏缠绵的日子,最是适合掩紧门窗，不问天下事，不动人世情地，默默吃点腌渍食物，黯黯淡淡，灭尽火气，便亦长日永昼，荡气回肠。

翻出友人给的一碟子秘制酱瓜，一玻璃罐子甜酒腐乳，煮点白粥，妄图享享清福。腰细的是，赤手空拳，跟只腐乳玻璃罐子，搏斗了半半日，弄到一身细汗透衣，依然无力打得开，眼睁睁，百般无法可想。微信里，跟友人絮絮鸣冤，伊人远在浦西天涯，如何救得了我这里的水深火热？最后还是请邻居老男人搭手相帮，才算解困消愁。

甜酒腐乳软媚无度，浓郁得杀人。秘制酱瓜深邃幽怨，一根筋直入心灵死角。两件粥菜，一黑一白，一软一脆，倒是真真绝配的。一边亦想起，哪年哪月哪本闲书上，读到过，陈年菜脯炖鸡汤，仿佛是，八九十年的成精菜脯，炖成的鸡汤，据说黑美得灵魂出窍。看完掩卷长长叹息，如此岁月锤炼的美馔，要吃得到，大概要修个几辈子才能得逞。

之二，雨歇，燕子来，拎出一串伊姆妈裹的美貌粽子，我这种天下一品的亲粽分子，一见之下，满脸堆欢。小脚粽啊，多少年不曾吃到过了。如今市面上买得到的，大多是浑朴雄壮的三角粽四角粽，一枚比一枚肥硕，大汉一般，轰隆隆结实得难以吃完。不晓得为什么，江南气质闺秀尺寸的小脚粽，似乎总是不容易买到了呢？夜里月浅灯深，于闲书堆里打滚消磨到中宵，忍不住起身，添茶回灯，蒸了燕子姆妈的小脚粽来消夜。热腾腾剥开，那么香软，玲珑，盈盈一握，楚楚可怜，性感得心旌荡漾，说句文艺的，真真是此时相对亦忘言。这一夜，小脚肉肉粽，细细一枚，慢慢吃完，份量尺度，样样妥帖刚刚好，如此饱足睡去，剩床头一碗残茶，无论如何，这一个良宵，一缕茶烟透碧纱。

隔日微信里，跟燕子长叹短叹，感恩伊母女，不知做了多少好吃的，喂我喂包子。好几回，吃到太赞的私房东西，十分贪心和担心，下一回，明年此时，还吃不吃得到。燕子总是落胆一句，darling放心，我有得吃，侬就有得吃。

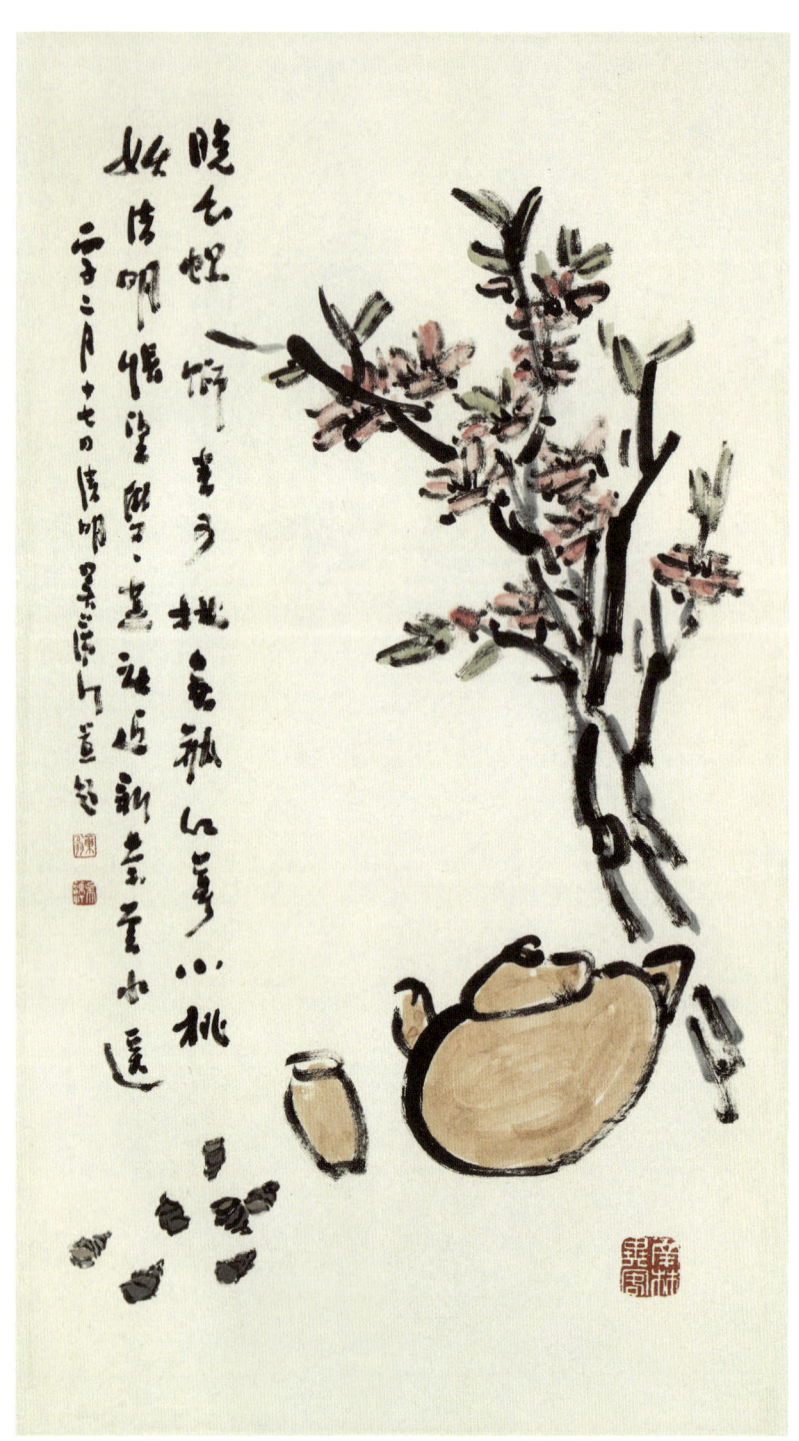

东北菜的好说歹说

东北菜的好，好在一个杀气腾腾，一年四季，仅有的那几样食材，干的湿的，荤的素的，翻来覆去，不分你我，直心直肺胡乱炖在一处，巍峨一脸盆子，噌地端上来，真真杀气四溅。六月里，奔去哈尔滨的阿城，看金上京历史博物馆，我国惟一一家集中收藏金代文物的地方，于昏昏灯光下，一眼一眼端详当年金人的行军锅，想着拿来煮东北乱炖，当是趁手极了。东北菜的乱炖灵魂，也许就源自这种行军菜也难讲，那股子杀气，自然也跟着源远流长。

东北菜其实也满时髦的，完全慢煮，跟快餐势不两立，这个我喜欢的。性情古朴，味觉扎根，真真有品。饮食随波逐流，口味胡乱投降，落个三不像四不像的下场，这件事情顶让人鄙夷了。如今的世界强国，在饮食一事上，堂而皇之，殖民四海，打压甚至消灭大量原住口味，委实骇人听闻。你看你看，美式日式饮食，在世界各地攻城略地，疯狂不在话下，想想有点步步惊心的味道。

不过东北菜的炖，犯了一个很糟糕的忌。天下的慢煮细炖，大多有一个心灵指标，就是炖了一夜的那锅子食物，肉酥骨烂之余，最好依然是分明的，清爽的，不露痕迹的。比如炖肥鸭子，炖成了，依然鸭形斐然，动人食指。若是炖完了，一锅子皮破肉散四肢支离，亦就十分地破相和倒胃口了。偏东北菜犯了这个天下大忌。火候十足地炖完，端出来，大致是浑沌不堪的一盆子，泥泞兮兮地瘫痪在那里。下筷子之前，搞不好要费个百秒千秒，想一想，刚才点的是什么呢，小鸡炖蘑菇，还是油豆角炖五花肉。那日在阿城，看博物馆看饿了，跑出来找个小饭馆吃午饭，一个炖菜奔腾上桌，想了半天，很白痴地，居然没想起来自己二十分钟之前点的什么菜。请问了老板娘,才想起来,是三干炖五花肉。赶紧再问,哪三干啊?老板娘白我一大眼,答,豆角干、茄子干、土豆干。三干诸君,勾肩搭背,腻在一处,酱油一炖,更难辨清雌雄。我这种初食者,在小脸盆里鬼鬼祟祟摸索良久,才悟了半个明白。darling啊,那个土豆干,真真好吃,柔韧绵密,甘香芬芳,比油炸薯片高明多了。想想于上海的梅雨天里,细火慢煮一锅土豆干炖五花肉,多么好。

自我补充一句,东北的德莫利炖鱼,炖完了,还是形神兼备的。不过那种炖鱼,也就吃个杀气腾腾,其他的就不能细究了。

大衣与慈姑

之一,暖冬有一点苦难,就是穿大衣的日子,平白地,掐头去尾,少了好多。本来上海这种纬度,一年里头,能穿大衣风流一下的好日子,已经屈指可数,如此一暖冬,就更加可怜巴巴没几天可以穿戴了。

大衣是四季衣衫里的天皇巨星,杀气腾腾,永垂不朽,一衣上身,气象壮丽。臃肿猥琐的羽绒服,跟大衣比,真是太小人太没骨子。没劲的是,本埠山水里,羽绒服十居其九,大衣顶多居其一,男女老少,各阶层人群,莫不如是。苍茫冬日里,看了多少令人胸闷紧添一层。

大衣的好,不一而足。又挺又飘,亦商亦儒,是其一。做校长做教授的,隆冬天气里,一袭羊绒大衣,烟灰或者深驼,清黑或者奶咖,色色都好,清雅出尘,腹有诗书。举手投足的师道尊严,这就有了。行商之辈,冬日里穿着羽绒服顶风冒雪,多少有点仓皇和奔波,远不如一身裁剪合度的长大衣,来得稳重端凝坚忍不拔。可惜,如今穿大衣的,多是广厦里虚张声势的高级保安或者冷若冰霜的空中小姐,医生律师银行家们,倒是匆匆裹着羽绒服奔进奔出,命运状况十分草根。看起来,乱七八糟的,岂止是全球暖化之下的四季气温,亦有人心世相其他等等。

惟一见不得的,是穿白色大衣的女子,这种女子,大多疯狂自恋,要名要利,缺一不可。挤在人堆里,绝对不甘人后,千方百计咬牙切齿,一定要做头角峥嵘的第一名。做第一名,没什么不好,问题是,这个第一名,是你命里的,果然是好极了,若不是你小姐命里的,今生今世争个头破血流,那是何苦来哉?

之二,江南秋冬,慈姑文静出场,这位姑子,因为拖着条长辫子,人称清朝姑子。清朝姑子今年动静真真大,大红大紫,畅销一时。又防癌又抗污染,简直赛人参赛虫草。红姑子跟人一样,红到极致了,必被妖魔化,被攻击为水银含量怎样怎样,又致癌又阴毒,反正一无是处。我对慈姑的感情是饱满和坚贞的,不因流言而稍减,在别人举棋不定的时候,我们勤勤恳恳一如既往埋头吃慈姑。

慈姑炖肉,很粉,很婉转,很闷骚,跟莲藕炖排骨,山药炖排骨,异曲同工,令人心生爱意。不过慈姑还略胜一筹,因为那点点若有似无的清苦,天然一抹妙韵,深可回味。

淡食三味

之一,维国来,久久难得来。想不清楚,跟伊多少年不见了,亦就不去想了,人生见一面,是一面,无非随缘。

自然是,吃点伊久违的江浙菜。

我城名声赫赫的江浙馆子,一碟子四喜烤麸,浓赤地端上来,竟然四喜仅得一喜,通盘净一味烤麸,无一枚香菇,无一茎金针,无一朵木耳,晴天霹雳。这个碟子,让我深觉惭愧,如此体面的馆子,做成的,竟是孤寒食堂菜,小汗都下来了。

然后是漂亮堂皇的宴客大菜,蜜汁火方。这碟子,一向是振聋发聩的人间杰作,如今却亦走样走得心惊肉跳。上质火腿的奇香，是不可期的，优雅绵密的刀功，亦荡然无存。那日端上来的蜜汁火方，火腿切成厚方一大砖，砖砖相叠，重磅赛似东坡肉，粗浑一如建筑工地。不禁气馁，那么讲究的菜菜，亦尽染了土豪习气。

　　临别，维国给了伊家乡特产，恩施名茶红庙翠峰。说，高山茶，还不错，darling喝着玩。深夜回家，洗手即泡了一碗，竟是无比清俊的好茶，嫩极，清极，翠极，一碗入肚，无比焕发。连夜迫不及待翻出法兰西至美咖啡杯，繁花似锦的杯子，再泡一碗碧绿清茶，果然淡雅秀逸，美不胜收。

　　是的，darling，泡绿茶，爱用咖啡杯，比玻璃杯，相宜多了。

　　之二，燕子自台湾玩回来，隔日风尘仆仆忙不迭地递了点心来。一边谢伊，一边跟伊讲，何苦递？不日就碰头了。燕子爽脆，答，新鲜好味，不堪久搁，darling赶紧吃。

　　竟是旧振南的绿豆椪，那么酥碎不好携带的吃食，酷热的天气，燕子千里万里一路拎了来，真真婉转动人。煮了普洱，跟包子一起坐下来吃点心。百年老店的手工货，层层叠叠，细致清甜。慢慢吃完一枚，粉粉屑屑落满一襟。一向格外钟意酥美的手工点心，这种零碎吃食，总是能够，成功唤起亦旧亦老的人间兴致，日子仿佛蓦然回到黑白的从前。

　　有点心吃的人生，是一定要，记得惜福的。

　　之三，火热的天气，晓明递了一大纸盒的无锡水蜜桃来，江南夏日的绝色尤物，雍容，清美，娇滴滴，如所有的好人好事，稍纵即逝。

　　水蜜桃的好，好在一个似浓还淡，品格清隽秀逸。看似浓重馥郁，累累不堪，实则清芬滑嫩，蜜得淡静。比口味浓浊厚满的荔枝，不知高明多少。当年胖胖贵妃，只懂荔枝馥郁解馋，哪知江南桃子的清远水蜜。这亦算是一种隔世的不解风情。

　　水蜜桃的至难服侍，亦是出了名的。不必说，那份吹弹得破的粉嫩，搁置不起的娇羞怯怯，总之百般难搞。最麻烦，是这枚水果，吃起来汁水淋淋漓漓，一路迤逦滴到臂腕里，美食催动的这种奋不顾身，细想想，真是性感得来。

晓明在电话里特别讲，这盒子水蜜桃，是乡下送来的，我家乳母的孩子，种的。

伊家乳母的故事，我是听过看过的，老人半辈子帮佣，非常岁月里，辛勤帮手，抚养大晓明一家四兄妹。如今老人的墓碑上，镌着晓明家中长兄的名字。这样来历深深的果物，真真让人低眉吟味。

低碳这笔账

大概十来年前，旅行在外埠，乱钻小巷，勤逛小铺，于一间花花草草堆得铺天盖地疑似旧货店的杂纸店子里，翻到过一册别致好玩的日记本子。翻翻，柔软波希米亚的调调，里头除了常规的年月日上下午之外，还有每餐卡路里记录，还有每日碳记录，附着超详细的碳计量，步行一公里是多少碳值，烧十分钟煤气是多少碳值，煲半个小时电话粥是多少碳值，等等。当场立住脚，埋头仔细心算，换算出本人一日碳值若干，完了松一口气，觉得自己还没有太对不起地球的地方，总算还是无过无失一介良民。那天离开杂纸店子，出得门来，明晃晃的大太阳兜头照下，炫得眼睛睁不开，忽然就立志，从此应该自觉自新，过粗茶淡饭的日子，低碳再低碳。心思转到这一步，不免私字一闪念，红尘温暖，难弃难离，鸡鸭鱼肉空调飞机，哪一件是拿得起放得下的？心里七上八下狠狠慌张了一个下午。

搁到今天，每日心算碳账，早已不是波希米亚的怪异新动作，而是全球人民的日课。上自首脑，下至草民，人人口诵，个个执行，一天起码将低碳两个字，提到议事日程上，温个一两遍。

以下实录家常情景一幕。

周末开荤，在家给包子煎牛排，小人翻个大白眼，心情沉重兼沉痛地说，这么高碳的食物啊。

我当即胸闷了一下，无话可说。牛排从前是高卡路里，如今更万恶，不仅高卡路里，还高碳。

小人第二句跟着来了，妈咪啊，我情愿吃油炸蟋蟀的，这个是科学家推荐的低碳食物。

darling，这个不是斯皮尔伯格的科幻电影，一点也不3D，一点也不明天，此时此刻我十分扁平地坐在午餐的餐桌前，张口结舌，一句一句，被小人温柔逼到穷途上。

不过我到底是阴险的成年人，无论如何不会被包子小人批到体无完肤。一个大白眼翻回去，跟小人讲，牛排高碳是不错啦，不过我们今天蔬菜吃生的，不煮，很低碳的。所以平衡起来，还好吧。再说妈咪这个礼拜，整整七天没有开车出过门，都是走路骑车搭地铁的，连一号线人民广场转二号线，都没搭过电动扶梯，真的。

包子一万个不情愿地开始锯牛排，仍然不依不饶地追击，也不是所有食物，都是生吃就低碳的。比如三文鱼。

三文鱼生吃不低碳？我脑筋飞转，千秒之内搜到正确答案。有点道貌地答：当然了，那条美貌的挪威三文鱼，万里迢迢运到本埠家乐福里，耗费的碳值，简直就是一宗十恶不赦的死罪了。

包子对我的高悟性略表欣慰，继续向我普及碳常识。对啊，妈咪，我以后不喝牛奶了，牛奶也高碳，喝羊奶，羊奶比牛奶低碳多了。

吃完午餐，我拎着包子直奔淘宝，刷刷几点，就订好了羊奶。

至于羊奶从产地运到我家，将要耗费多少碳值，darling啊，我打算睁一眼闭一眼，不去算了啦。

F

34 饮食笔记

方糕、裁缝与白十盘

　　江南暮春，黄梅天前夕，溽暑熏蒸，湿漉漉的日日夜夜。一身细汗皆是闷出来的，远不如三伏天里淋漓尽致。思忖去苏州散个心白相相，彼城友人体贴，提前几日来问，darling想哪能白相？黄昏灯光下，剪了一角报纸，拍给友人看，报纸上在叙述一位苏州裁缝老妇人的故事。跟友人讲，去看看这位妇人好不好？这边是一句闲话，那边就当了要紧事来办，忙了几日，总算弄到了地址和电话，几度电话长谈，好不容易跟老妇人约妥了日子。这妇人在家里做裁缝，并不开业，也不接生客生意，年纪亦大了，所以，不是那么好讲话，横出来一个上海客人，闹着要去白相，这算什么事情呢？软磨硬磨，才勉强答应了。

　　友人开了高大威猛的车来接，爬上大车亲热一下，友人一边开车，一边递过来早点心，陈补兴的玫瑰方糕，吃吃看，比黄天源灵。打开袋子，先看一眼，四块方糕。友人知道我在看什么，讲，这家就玫瑰好吃，薄荷方糕不行。呵呵，真是知己。通常方糕么，一枚玫瑰，一枚薄荷，粉红翠绿，温润泅在粉糕里。四枚清一色玫瑰，不见薄荷，那一定是有原因的。这个玫瑰方糕，真是绝色一流的，玫瑰馅子制得极美，蜜中含香，调了微弱的一点点咸意思，蕴一抹恰到好处的猪油，腴美不腻，那个甜蜜，于是复杂得一言难尽。粉糕亦制得稳妥，软硬兼施，功夫无穷。一边吃早点心，友人一边在跟我讲话，可惜，好像一句也没听进去，全副心思，都在这个糕身上。谢谢天，一到苏州，就吃得好了。想想隔夜在上海，陪国际友人吃的桃园眷村的一碗小馄饨，真是恶味恶趣至极。那晚因为时间匆忙，慌不择店，就入了眷村去吃。吃完国际友人怅然若失，一点不鲜，小馄饨么，就是吃个鲜。更麻烦，是海海一大碗，枚枚一兜实心肉馅子，穷凶极恶，非要你吃饱不可。小馄饨这种食物，最恨，就是吃饱。一碗家常小馄饨无端弄成滑铁卢，想想也真是辛酸的。

　　友人开着大车，绕来绕去地寻路，裁缝妇人住在一处略为偏远的老式小区里，总也绕了一刻多钟，方找着了。老式小区，简陋得令人心慌慌，裁缝家在四楼，缓缓爬楼梯，一边跟友人讲，万一，老妇人要是真的很难搞，darling侬负责搞定。话刚说完，爬到三楼半，老妇人在四楼自家铁栅门里，已经看见我了，朗声讲，上来上来，我等着你们来。我一听，放了心，老妇人至少很开朗，不是阴丝促刻那一路的。从小的印象里，裁缝们，大多不好搞，人人一肚子的心计。

　　屋里局促，过道厅里，搁了一张吃饭的大圆台面，撑得屋里只剩了转身的一点点空间。这大桌子，想必是拿来摊开了料子，裁衣裳的作务桌。内里一室，就是老妇人的裁缝间了，满坑满谷的，皆是制好的衣服以及半成品。四望一周，明白这妇人的裁缝手艺，属于家常水平，并非精工细作那一路的匠人，好是好在，伊是规矩拜师学的手艺，中式衣裳的手法十分正，这在如今，也是鲜有其人其事的了。

　　妇人71岁，耳聪目明，脑筋清爽伶俐，一口字正腔圆的苏白，利落得不得了，手里盘各种的扣子给我看，琵琶扣佛手扣盘香扣蝴蝶扣，繁复的眼花缭乱的穿针引线，满地都是吴门当年的锦绣年华。苏杭熟，天下足的富饶，在一粒衣扣里，一枚方糕里，仍留着千年的峥嵘。

　　我童年时，家里一冬一夏，必请裁缝到家里，做一两个礼拜的工，缝制一年四季全家人的衣裳。似乎对冬天请的裁缝，我印象格外深一些，恐怕是寒假在家，进进出出，屋里多了那么一个人，多年下来，比较熟络的缘故。裁缝们做工，我是一点没关心的，都是母亲料理，小孩子不过是被叫来试衣裤、看颜色而已。印象至深的，是裁缝们的饮食，特别是点心。老派裁缝对东家供应的伙食，大多挑剔得很。想想他们做生活，是足不出户的，一日到晚静坐在那里，枯燥单调得很。十根手指在忙，一粒心思能转动的，也就是思忖些饮食吃喝了，尤其是老裁缝，吃得又精又刁，那是不在话下的。说穿了，就是裁缝们，在我的记忆里，都是比较馋的。每年一到这种季节，母亲是忙碌的，要顾着铺排裁缝桌上家人们半年的衣裳，还要出出入入顾着厨房里灶火上的吃喝。我后来长大一点，读到《红楼梦》里贾母爱吃甜烂软糯之物，立刻想起来，家里请了多年的那个老裁缝，亦是此路口味。当年中式的好裁缝，多是苏州人，年纪一大，口味不就是甜烂软糯嘛。读《红楼梦》读出对老裁缝的心得，我也真真是腰细垮了。裁缝们下午的点心，更是说一不二，讲究得来，比我们儿女们的，还胜一筹不止。干点心、湿点心、甜点心、咸点心，色色俱全，母亲有时候实在周全不过来，打发我去门口南货店买些现成糕点和水果，亦是有的。小时候，我甚至见过，母亲端给裁缝下午吃的点心，是她独享的冰糖炖蛤士蟆，蛤士蟆就是今天说的雪蛤。这个东西，在我家里，一向是母亲的滋补点心，天王巨星级的，我们小孩子是没有的；偶尔母亲疼爱，给一小勺喂在嘴里，那是不得了的美味。而裁缝师傅，在我家里，居然就享有如此荣华。为什么呢？老裁缝跟我讲过，他小时候跟师傅学徒的时候，师傅教过的，东家要是伙食点心蹩脚，那么不客气，叫伊衣裳看着适宜，穿上身不适宜。这一句职业"智慧"，我一记，记了快半个世纪。张爱玲的《红玫瑰与白玫瑰》里，写到那个家里的裁缝，阴阴的色，胆小而多鬼，实在是太懂经的笔致。

　　听老妇人闲话，请伊讲讲从前的事情。说起伊师傅的师傅，是从前苏州做旗袍的好手，堂子里姑娘的旗袍，都是寻他去做的。八十年代某日，有个客人来问做旗袍，当时不懂行情，就收了客人600工钱，然后去找师傅，请师傅教如何做。师傅一听，只收了600工钱，跟徒弟讲，行价1300，侬只收600。那么算了，600么，就教侬600的作法，1300有1300的作法。如何不同呢？1300的做工，一寸有13针，600么，一寸只有6针。衣裳做好了，看看是一样的，穿久了，就晓得不一样了。这件旗袍做完教完，师傅讲，弄点吃吃的。徒弟明白，晓得师傅欢喜吃瓜子，去买了六斤西瓜籽，两斤话梅的，两斤奶油的，两斤咸的，再添了两包金橘饼，一条香烟，拿去孝敬师傅。我听得这种细节，不住点头，这个太符合我心里，裁缝大多嘴馋的记忆了。

　　那日在老妇人家里，还见到一样有趣东西，端午时节，儿童们穿的老虎衫,雄黄色的烈烈,一虎一蛇,夸张生动,做成大襟的童子褂子,可爱极了。看我稀奇得不得了,友人瞠目,咦咦咦,苏州男小倌女小倌都穿的家常衣裳啊,你们上海人没有么?darling,上海是真的没有。

于老妇人屋里一直白相到中午,才告辞出来,妇人客气,一路坚持送我们下楼,四层的楼梯,伊一翻身,又利落无比地爬回去,根本不像七旬老人家。

感恩友人,感恩老妇人,陪我白相了半日。其实,我这个中年老人家,是跑来怀了半天的旧。

午饭友人带去北码头的老阊门饭店,时间过了一点多,服务生就满脸的不愿意,好话说尽,总算开恩让我们吃饭饭。苏州2500年的斯文,在这种女孩子的嘴脸里,渐行渐远,无限可惜。

友人捡的馆子,果然极好。一碟白干盘,秀丽,白净而且糯绝,这种讲究,除了苏州人,全国难找。一盘清蒸白丝鱼,端上桌的瞬间,真是银光粼粼,美貌至极,鱼好,蒸功好,清腴鲜嫩,入口即化。友人看我赞不绝口,停箸微笑,讲,上次跟侬吃饭,在太湖边上,侬也是点一条白丝鱼。仿佛,他们苏州人,是不怎么稀奇白丝鱼的。上等白丝鱼,在我心目里,基本上,是举世第一好吃的鱼,细、嫩、鲜、肥,统统俱全。一切的海鱼,无法望项背。只是,上等的白丝鱼,亦是可遇不可求的仙品。再一碗青菜瘪子团,亦真是好,如此的糯食,似乎,也只有苏州有得吃,我幼年,家里是过年时节,糯米粉丰足,偶尔会弄这一碗东西。再一碟丝瓜毛豆,时鲜蔬菜,丝瓜炒得有水平,软硬功夫到家,李渔讲丝瓜怕生,其实丝瓜更怕软烂,那一个碟子,丝瓜炒得恰到好处,滑嫩里带着爽脆,充满时鲜蔬菜的水灵。败笔是毛豆,厨师偷懒,用的不是新鲜手剥的毛豆子,是冷冻的老毛豆,配那样俊美的丝瓜,真是胡闹了。特别要说一句,如此一餐,价钱大约只有上海的三分之一。

菲律宾饮食起居注

于菲律宾散漫晃了两个礼拜,前后住在两个孤岛上,一个岛,就是一个度假村,称一岛一酒店,小小与世隔绝,经历的菲律宾饮食,就仅仅局限于两个岛、两个度假村,并不全面,只能体会个大概。

然而,即便是简单片面的大概,还是可以感觉到,这个小小的国家,有着异常丰富有趣的饮食文化,聪明可喜,一点不输给名动四海的泰国料理。上海遍地比较难吃的泰国料理,却没有一家菲律宾料理,想想真是可惜的。不知伦敦纽约东京马德里,是不是有菲律宾馆子,当真好奇并且向往。

全世界酒店早餐千篇一律自助餐,最不喜欢了,如果不是住在孤岛上,一定是奔到街上去吃当地人的寻常早餐,孤岛起居就没有办法了。菲律宾的酒店自助早餐里,有一味拿咸牛肉corn beef,再煮了一下烩成一个菜的,还有一味是拿罐头肉肠再煮煮,卤成一种糖醋口味的。这两味,走遍地球,是第一次遇到。咸牛肉和肉肠,来自美国罐头,把罐头食品再料理加工,变成一个亚洲口味的下饭菜,真是聪明有趣,亦可见得,美国影响有多么深重,渗透进入了家常起居饮食里。后来去了一趟百货公司内的超市,看见超市里卖美国罐头,三种主要肉食罐头,咸牛肉、午餐肉和肉肠罐头,蔚然成风,占据着庞大的整排货架,比较叹为观止,仿佛意大利的超市里,pasta占据的地位,以及日本的超市里,大米味噌占据的地位。简单的一两味食物,十分发人深省是不是?

酸渍鲜鱼,拿天然的酸汁,比如柠檬汁、酸柑汁,来腌渍新鲜的生鱼肉,渍成的鲜鱼,半生半熟,十分特别,拌上细嫩洋葱和其他新鲜香草叶子,十分清新可口,于炎热天气里,是绝好绝智慧的健康食物。包子见了这个菜,十分地喜爱,他16岁那年夏天,独自去了秘鲁的亚马逊雨林,在秘鲁,也吃到过这种酸渍鲜鱼,记忆深刻。

由于长年的西班牙殖民经历,菲律宾饮食里,有份量很重的猪肉料理,而且做得大有水平。烹煮猪肉,全宇宙最厉害的，毫无疑问，是中国人，其他的亚洲民族，都比较技穷，日本泰国韩国，于饮食上都颇有自己一套手段，论到猪肉，还是贫薄得羞涩。而菲律宾作为一个海洋国家，却这么会煮猪肉，算是很意外的。他们的脆皮烤猪肉，就不说了，说说这次吃的两种很有意思的猪肉。

一种是红烧猪肋排，介于中国人的红烧排骨和西式的Rib之间，炖好的猪肋排，上桌之前，再炒一个酱汁，像西式料理一样浇在猪肋排上。奇异的是，这个酱汁是生炒目鱼丝，满满一大盘端上来，酱色的猪肋排与雪白的目鱼丝，相映成辉，十分有趣。江南的家常菜里，有一味黄鱼鲞炖红烧肉，前阵子还写过河豚鱼干炖红烧肉，跟这个菲律宾猪肋排有点貌合。另一个猪肉菜，卖相好极。炭烤大块五花肉，烤成之后切骨牌大小，楚楚罗列盘中，伴菜是金黄色的木瓜丝，这种生脆的木瓜丝，腌渍成糖醋口味，点缀若干葡萄干，满盘金黄璀璨，取一块酥脆的肉，肉上堆一捏木瓜丝，入口是馥郁糖醋的温暖，以及复杂多层次的口感，十分赞。这个菜的构思是西式的，而口味组成是东西方混合的，大有意思。

某日在屋里看当地报纸，一大页，满篇是当地品牌的广告，包子凑过来看了一眼，然后就跟我讲，等离开孤岛，要去吃一次Jollibee。

Jollibee是菲律宾当地的肯德基，土生品牌。很高兴，包子懂得每到一地，要努力尝试当地食物当地生活方式，这是我从小带他旅行，一路教导他的一个重点，尊重当地文化，敬畏当地文明，体会当地生活方式，这是旅行最大的意义所在。后来我们在回到Palawan镇上的那个惟一的黄昏，去百货公司内的Jollibee吃了一餐，炸鸡，配米饭，配意大利面，紫薯派，冰红茶。米饭包成一纸包，不说的话，以为是汉堡，通常的炸鸡配薯条，这里不是的。食后感是，一是炸鸡比肯德基好吃，二是价格便宜极了。我们母子一边吃一边唏嘘，至少有十年了，没有一起吃过炸鸡快餐了，天伦之乐之一种。

再写两个小的。

菲律宾饮食里，米饭还是为主，服务生侍餐，一定问你，要白米饭还是大蒜米饭，大蒜米饭十分甘香，用菲律宾这种细长的印加米来炒，确实很不错。

还有就是众所周知的halo halo，像上海的赤豆刨冰＋珍珠奶茶的合集，丰富多彩，很解馋，午后在海边，游泳读书晒太阳吹海风，来一大杯halo halo，真是愉快的。包子一边吃一边回忆至今吃过的最美好的红豆冰，我们一致的意见是，在越南吃到的街头婆婆的红豆冰莲子冰，是最难忘的，东南亚国家出产那么好的蔗糖，蜜出来的红豆与莲子，真是仙品。

整个假期里的饮食起居，让我最安慰的细节是，每一餐饭，我们母子都吃得干干净净，偶尔我有点剩饭，包子都默默端过去，帮忙吃得干干净净。于靡费的度假村内，于频繁的自助餐中，每一餐吃得干干净净的，大约，只有我们母子。惜福，惜食。

饭事两帧

之一，晓明招食，某日某夜，某某名义，去伊府上小宴。接伊微信，尚在外埠机场干枯候机，见字，心内小欢喜。

雨歇微凉的黄昏，拎着包子拎着甜点，去了晓明家。

饭前，伊在厨下小忙，包子帮手调酱做饼干，我便袖着两手，在伊屋里看闲书，看见好的，忍不住捧去厨房找伊闲话。那晚翻着一堆旧旧的绘本，伊从东京淘了来，册册清细稚拙，美不可言。立在厨房门口，跟伊赞了半半天。东京的旧绘本，真真值得，日暮里那一带，旧书肆比比皆是，一向令我魂飞魄散，消磨再消磨。

当晚小宴，有晓明的拿手菜，冰糖鲥鱼，那一大盘，炖得柔腻粉甜，滚烫上桌来，顷刻之间，扫荡一空。饭后一盅极清俊的鸡头米，薄薄的甜，糯与韧之间狐步徘徊。这种简单朴素的甜品，仿佛亦只有家中小宴，才吃得着了。

那夜至美，倒还不是一鱼一汤，而是伊屋里黯淡洗手间内，默默搁着药罐子，电炉子上，焐着中药，推门进去，一股子淡淡药香，弥漫心胸，十足一副药炉火暖初沸的景致，亦清苦，亦涵香，好难得的情怀，好难得的景致。伊讲，药罐子搁厨房里熬，弄得一屋子的悱恻，熏人太甚，无奈，搁洗手间里，偏偏倒是，恰恰相宜。

之二，有气无力的梅雨夜，吃点振奋人心的壮肉肉，换换人间精神。这种时刻，无须多想，总是清洁简素禅分分的日式铁板烧，最合心意。于如此乌苏的天气，以吃素的情致，吃壮肉肉。想想人真是高度难搞的动物，吃口壮肉，亦吃出这许多的扭捏来。

馆子凌空开在三十多层的半空，茫茫夜色里，凛凛一种清气，让人十分忘却红尘里的碎碎烦闷。身边饭伴清雅客气，将玻璃窗边绝幽绝美的座位留给我。略一犹豫，跟伊讲，darling算了，我还是坐你里边吧。高空玻璃窗边的座位，稍稍恐高之辈，真真坐不安妥。

烈火烹油的铁板烧，厨师倒是气质素净腼腆，细细斟酌着韵律，一点一点煎给你吃。绝色的是，整整一晚，那间凌空馆子内，只得我们两粒孤零食客，慢慢食，缓缓相谈，渐渐酒足肉饱，漫望一眼窗外水汽朦胧的庞大夜色，蓦然一种我是人间惆怅客的寥落。吃饱了壮肉，还有这等悲恸，自己想想，亦是说不过去的。

临走，进来一粒孤客，初老法国男，远远地，一眼一眼，看伊吃东西。一双细筷子，使得比包子还伶俐，虎虾，银鳕鱼，鹅肝，一件一件吃过来，最后厨师问，牛排怎么煎，那男人，小小一思忖，答，生而烫。为这三个字，足足端详了他千秒。

吃肉肉之有趣，很多时候，始料不及的说。

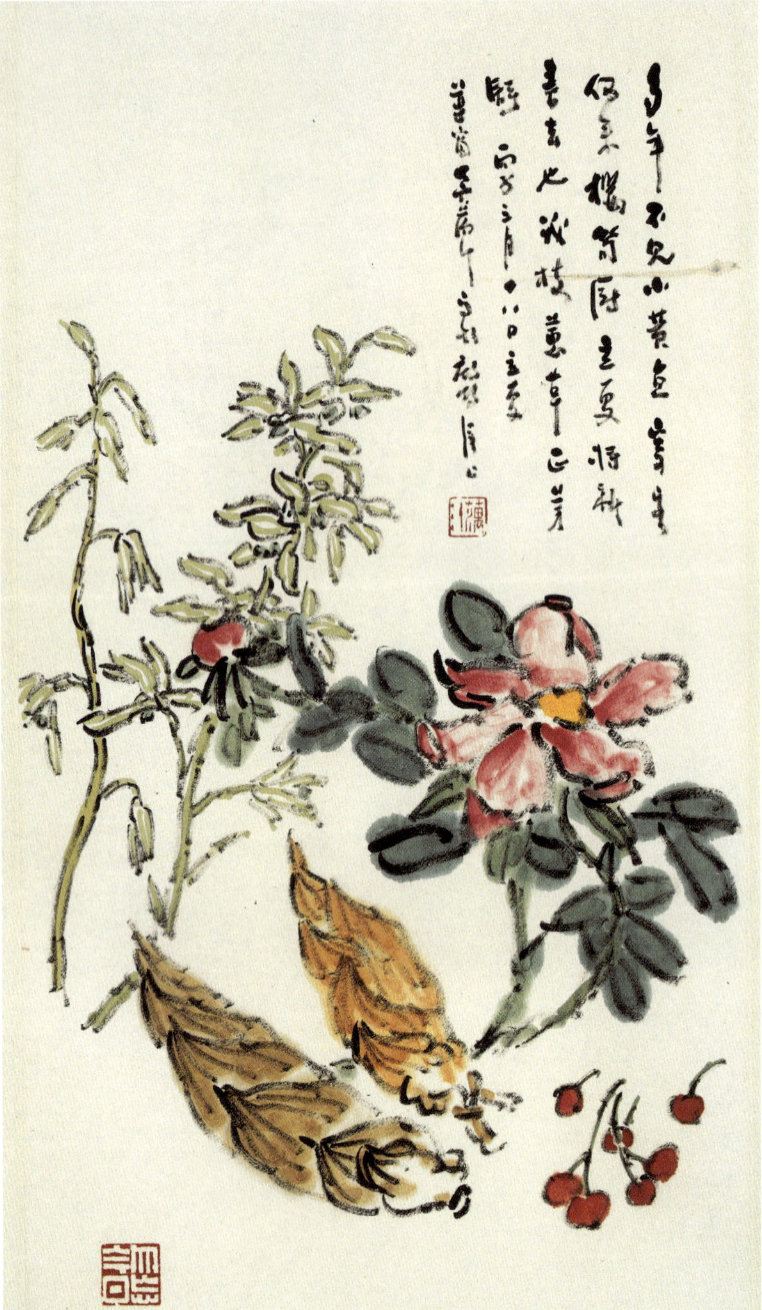

疙瘩温开水

有的人老了，变得很随和，吃什么穿什么坐什么看什么，统统好商量，一概没有深切要求，马虎就好，差不多就行。

有的人老了，变得很疙瘩，一针一线都有想法，大事小事全有主见，真真难弄。

据说，年轻时候好脾气的，到老了，常常疯狂变质，恶变得百般难缠，比妖精还讨人厌。而年轻时候作天作地作得天昏地暗的，到老了，倒是安静了，一点隔夜脾气都没，乐呵呵，跟谁都眉开眼笑。

大概人一辈子疙瘩的总量是有定规的，有的赶在前半辈子哗啦哗啦大手大脚用完了，后半辈子就只好太平度日了。有的则细水长流克勤克俭，用到暮年还有盈余。这个东西也不方便传给子孙，只能自己亲自消费。想想上半辈子太乖吃亏死了，心有大大的不甘，便开始浪掷余额，一疙瘩，再疙瘩，疙瘩得没完没了。

那么，哪一种老家伙比较让我喜欢呢？随和的，还是疙瘩的？

darling我比较喜欢疙瘩的老家伙。三餐泡饭豆腐浆草草就打发了的老家伙，有什么好白相？吃得很饱的时候，我还真是兴致勃勃，喜欢旁观老家伙公然疙瘩。

老家伙的疙瘩，有一桩事体很典型。

到馆子里吃饭饭，老家伙坐定，要了菜要了点心，人家服务生就殷勤询问，格么喝点啥？啤酒西瓜汁古越龙山还是大吟酿小拉斐？老家伙眼睛闭闭，仿佛不曾听见，跟人家服务生讲，温开水有吗？我要一玻璃杯温开水好吗？这种脑筋急转弯，不是每个服务生都转得过来的，冷着脸笔直回答我们只有冰水没有温开水的，真真不在少数。老家伙想想荒唐，堂堂一间馆子，成排水龙头成行煤气灶，居然煮不成一杯温开水，真真岂有此理。也有的服务生，十分看不惯老家伙这样高碳疙瘩，义愤填膺跟老家伙摊牌，阿拉温开水要收费的，一杯十块钱。更精致的服务生，这样回答老家伙。我们温开水是没有的，你一定要喝，我们可以用依云矿泉水，拿微波炉热一热。一瓶依云二十块，微波加工我们就免费赠送你了。我在本埠某妖冶餐馆，旁听老家伙跟服务生如此畅谈生意经，笑到七颠八倒。

  命好一点的老家伙，如愿得到一玻璃杯的温开水，端起来一喝，完蛋了，那水的味道真真恶劣至极。跟老家伙吃饭饭多了，我才明白，原来温开水，是顶难搞的一种水，冰水滚水茶水，都可以适度掩盖水的质量，惟有温开水，一点藏不了拙。老家伙企图召唤服务生，就温开水的质量继续疙瘩，这种时候，我都及时阻止，算了啦，再疙瘩，人家也没有更加好吃的温开水给你，白白作一场，犯得着吗？老家伙通常都是懂得适可而止的一种达人，劝一句，就偃旗息鼓了。

  我想我以后老了，下馆子，一定不作不疙瘩，我自备温开水。谢谢天，希望到时候不会收我开瓶费。

H

48　饮食笔记

红尘里的饭

之一,翔浅自京城来,匆匆只留一夜,惟一的一顿晚餐,点名要去进贤路的锦园。伊今年冬天,带着剧组,在隔壁的兰心大戏院驻场,演出音乐剧《想变成人的猫》,锦园此地,曾经几乎是剧组的工作食堂。

进贤路四家本帮菜小馆子,一家如今走上了连锁的不归路,就不说了,其余三家,风格雷同,滋味仿佛,锦园倒确实是其中相对好味的一间。此三家小馆,一致格局,是都有一位上海老板娘日日夜夜亲自在一点点大的店堂内坐堂,让我想起爱玲在《异乡记》里写过,她从上海逃难一般千辛万苦跑去温州找胡兰成,途中于某小镇歇脚吃中饭:

这一带差不多每一个店里都有一个强盗婆似的老板娘坐镇着,齐眉戴一顶粉紫绒线帽,左耳边更缀着一只孔雀蓝的大绒球——也不知什么时候兴出来的这样的打扮,活像个武生的戏装。帽子底下长发直披下来,面色焦黄,杀气腾腾。这饭店也有一个老板娘,坐在角落里一张小青竹椅上数钱。我在靠近后门的一张桌子上坐下了。坐了一会,那老板娘慢慢地踅过来问,客人吃什么东西?我叫了一碗面,因为怕他们敲外乡人竹杠,我问明白了鸡蛋是卅元一只,才要了两只煎鸡蛋。

奇异的是,进贤路的这几位老板娘,亦是风格整齐的杀气腾腾,虽还没到强盗婆的地步,也是足够惊魂的。翔浅进门,想挑个称心的桌子,斟酌了半日,才敢跟老板娘开口。这位中国音乐剧数一数二的超级专家、北京天桥演艺中心的独立董事,到了进贤路,也跟爱玲当年一般提心吊胆。

锦园的老板娘,中年轻肥,穿一身十分隆重的三宅一生,拎大号路易威登,于不足二十平米的苍蝇小馆掌柜,真真是辱没了她的大好人才,应该在香格里拉四季洲际半岛挥斥方遒,格么才叫人尽其才了。

当晚翔浅喜欢一碗葱油开洋拌面，确实，如今肯做这一碗的，整个上海，寻不出几家来了。又麻烦，又卖不了几个钱，而葱油与开洋煎熬获得的那种奇香，真是难描难画的刻骨铭心。

之二，老友呼唤吃鱼，鱼比较稀奇，从伊朗的波斯湾里捕回来的鱼。跟老友相识半辈子，竟然完全不知道伊是伊朗专家，直到去年夏天，我自己千辛万苦去了一趟伊朗，回来散漫写了几万字的伊朗笔记，老友看见了，才告诉我，他跑伊朗跟跑崇明一样出入频繁。darling这么喜欢波斯文明，给你介绍几个波斯专家吧。波斯鱼宴上，果然群雄并肩叹为观止。波斯渔轮的船东，上海男人，一张雪白的才子脸，斯文得匪夷所思，饮小盅白酒，细细静静，没有一句喧哗。感觉不像是渔轮船东，倒更像是百年金表世家的纨绔少爷。我在对面一眼一眼端详，看伊真是饮得甘美。伊朗因为宗教的关系，是全国禁酒的，只有回到上海，方能千樽不醉。当晚主人家准备了九种波斯湾的鱼，每一种，都是平生初见，有意思极了。鱼酒之间，絮絮问了一渔轮的大小问题，心里翻来覆去的私心杂念，就是下趟去伊朗，要如何一路狂奔到波斯湾。

稍稍写几句。

据说，波斯湾里捕鱼，渔获的八成是带鱼，伊朗富藏石油，这样的远洋渔轮，加满一舱油，非常价廉。渔轮开回福建马尾，耗时总要数月，于马尾卸货卖鱼，再行销全国。也就是说，你我在全国的菜市场内，买到的带鱼，可能是来自波斯湾的。

之三，旧雨新知们共赴一堂私房小宴，馆子比较特别，一半酒吧一半私房菜，赴宴之前，委实思考了十分钟，究竟穿什么衣服合适。最后还是在普通吃饭衣服的衣襟上，簪了一枝兰，以小小呼应一下酒吧气氛。

私房小菜做得细腻体贴，最得我心，是一碟子四喜烤麸，滋味调得蜜甜，这个是真正懂经的家厨手笔，市面上九成九的四喜烤麸都不够甜，一股突兀的咸味，高歌猛进骨头峥嵘地耿立在那里,吃起来,那是满口的荒腔走板。江南饮食的灵魂,无非温存软糯,一碟子四喜烤麸,当真考功夫。再一碟子泡椒花菜,清白冷隽,一点噱头都无,于心思用尽花样百出的私房宴上,极是出格。一箸入口,却是颇有惊喜,泡椒渍得深邃,冷翠而且俊朗,品格清高,十分难得,与如此的溽暑之夜,亦真是绝配的。

席上一位十岁的日本小男生总一郎,瞪着一双星辰般明亮的黑眼睛,默默地东看西看。厨师的拿手菜荷香狮子头上桌,一枚巨型狮子头,密密裹在荷叶内,侍餐的男生稍做展示,即移盘到边桌去拆荷叶。总一郎大概是不明白为什么菜刚上桌就被拿走了,一双星眸好奇地追着侍餐男生,看他焦急得可爱,跟孩子讲,那个,是狮子的头。总一郎暗自心惊,今晚居然有狮子的头吃,惊叹号。侍餐男生拆了荷叶,将巨型狮子头分切了几刀,端回来桌上。总一郎的家长帮总一郎夹了一块狮子头,总一郎小朋友看了看自己的餐碟,跟家长讲,脑浆呢?有没有脑浆?一边踮起脚尖张望桌上的狮子头。家长讲,没有脑浆,狮子头么,就是很大很大的肉丸子啦。总一郎小朋友一脸的光华蓦然黯淡了一层。

隔日友人询问昨晚私房菜菜如何,于微信里跟友人一碟一碟汇报心得,最后盛情赞叹,darling,昨夜的侍餐男生,俊而且细,白衬衫笔笔挺,完全夜店酒吧风致,这个是一般餐馆殊难相遇之事,十二分受用。

黑麦,又红了

旅行回来,翻看一大堆隔夜报纸。《纽约时报》礼拜三的饮食版子,一向比较值得翻过来翻过去。失望的时候不是没有,不过不会太多。一边翻花团锦簇的报纸一边流流口水,伴几句长吁短叹,并想想相关边缘心事,于隆冬深宵,算得岁月静好的不错消遣。

1月11日的饮食版子，头条文章相当煽情，大大字标题，《黑麦，又红了》，图文并茂，质感上佳，又是历史，又是现实，有考据，有沿革，有大厨追求，有小厨坚守，有首席专家侃侃发言，有草根面包师默默不语，一句一句读完，觉得不像是在写食物，倒像是在写社会学小论文。这样一点饮食文字，不知作者Julia Moskin花多少时间精力来完成？不知收获多少稿酬？于千万里之外的读者而言，瞻仰大报风致，比较巍峨崇高。不是我崇洋，一枚欢天喜地的网红葱油饼，一枝疯疯癫癫的武康路冰淇淋，跟这种黑麦文字比，无论品还是质，两两望尘莫及。

　　黑麦，是一种至为古老的物种，生长于寒冷而湿润的气候，北欧人民的传统主食，斯堪的纳维亚的黑麦面包，扎实，甘香，充满谷物与坚果的芬芳。作者起笔第一句，写，任何在饮食上富于冒险精神的吃客，于尝试北欧美食的旅程中，一定领略过黑麦面包的魅力。黑麦面包，黑如巧克力蛋糕，香如姜饼，她们通常拥有强大的酸味，并拥有甚且更为强大的浓郁美味。这种古老的黑麦面包，rugbrod，于北欧饮食，就像红酒于法式料理，橄榄于意大利料理，是不容置疑的标志食物。黑麦面包与北欧的食物有极好的彼此衬托，相辅相成恩爱如老夫老妻，是长年的默契，亦是天然的智慧。配北欧重口味，浓且咸以及油的鱼肉荤食，制成的简单三明治，据说，是北欧人民的乡愁，如油条豆浆小笼包于上海人民一般。包子在英国跟我说，他的丹麦女友，经常自己在宿舍里烤黑麦面包给同学分享，以解伊的丹麦乡愁。北欧名厨，Claus Meyer，讲，黑麦面包，不仅仅是食物，亦是历史，是文化，以及农业。通常非常钦佩这种匠人匠语，一行一业里的顶尖人物，一开口，总是真理滚滚而来，让人目不暇给。在现代机械化农业和四通八达的运输业成熟之前，黑麦一直是北欧人民最好、亦常常是惟一的烤制面包的麦粉选择，黑麦面包惠及俄罗斯、波兰、匈牙利、奥地利、德国、荷兰等波罗的海沿岸国家，以及斯堪的纳半岛的广大区域。这种面包需要充足悠长的发酵时间，冰岛人民习惯将这种发酵和烤制过程，放到地下去完成，充分利用当地富

饶的地热资源，听起来，真真古朴浪漫，充满田园牧歌的柔媚深远，如此的主食，稳妥，朴素，扎实，我喜欢。

至于黑麦，何以又红了，红到《纽约时报》都动容的地步，原因其实简白，不外健康与美味两个核心。黑麦纤维丰富还在其次，关键是麸质少，太迎合当今的少吃甚至不吃麸质的健康潮流。一夜之间，麸质成了万恶之首，从厨师到食客，无不弃之如敝屣，时髦馆子时髦饮食，处处标榜自己不含麸质，跟恶首划清界线。难得黑麦低麸质，还拥有美好口感，真是众里寻他千百度再理想不过的食材了。推陈出新这种事情，两个领域最泛滥了，一个是饮食，另一个是时装，弄来弄去，都是新瓶旧酒的成人游戏。

黑麦再红的另一个原因，是欧美大批有思想、有追求、有野心的厨师。这票人杰，从来不甘心站在灶台跟前煎炸烹煮，他们好像个个是探索家、考古家、冒险家、科学家，钻研万物之心思，堪比大学教授。他们碧落黄泉地寻觅全球食材的努力，常常是惊人的。而新一代的厨师们，开拓黑麦食谱的异想天开，亦是让人比较观止的。马萨诸塞的厨师Jason Bond，在他的餐馆附近的田地里，干脆种植黑麦，他的馆子里，提供黑麦做的全套饭食，从汤品到甜食，都由黑麦完成。他还用黑麦的麦秸，包裹整鸡和整棵的白花菜，置于火炉中慢烤，这种源自北欧的传统烹饪手段，如今亦大为时髦，跟我国的叫化鸡异曲同工的说。

黑麦的风味里，还有一个微妙重点，带一点若有似无的苦味。食材中带着的一缕天然的苦味，常常异常高贵，十分销魂，而且极为罕有。黑麦的这点风致，让天下的懂经厨师们纷纷倾倒不已。顺便说一句，当季蔬菜慈姑，亦是有那么一抹清苦的佳蔬。闺蜜里，有位北方佳人，每到上海，吃东西有一个芬芳要求，餐餐要有一碟塌棵菜。我是默默照办了多年，从没细想过为什么。终于某日某餐吃完，佳人叹了一句，塌棵菜的那一点点苦味，好吃死了。我才恍然大悟。

读完《纽约时报》这篇文字，最最佩服，是作者于并不很长的文字里，居然密密麻麻访问了那么多的黑麦相关的厨师，这要是搁在本埠，恐怕是不可能完成的任务，我从来没有看见过以这种笔法，写过雪菜肉丝面或者腌笃鲜。

J

56　饮食笔记

久雨

暮春久雨，一城憔悴，满腔泥泞。

之一，无妨，驱车出城散心。长停于红灯跟前，细蒙蒙的雨，如雾，如怨恨，挥之不去，我们仿佛坐在一钟逃无可逃的、湿淋淋的玻璃罩子里。友人扶着方向盘，没头没脑低语一句，Purple Rain哈。一边说，一边翻寻手机，播Prince的这支名曲给我听。弄得我，于黯沉沉的雨色里，低头戴上墨镜，默默想念那个才情弥满暴跳如雷了整整一个时代的Prince。亦想起，Prince故世的那个清晨，包子跑来告诉我这条大新闻，只有58岁。亦想起，木心讲过，真的艺术天才，即便是活到90岁，亦算是夭折的。

紫雨落完，不堪车内的郁闷，伸手摁开收音机，某电台，刚好在播帕瓦罗蒂与他的朋友们，听了几句，终于如愿以偿笑了出来。帕瓦罗蒂的朋友们，确实是，个个凤毛麟角顶级名伶，曼声唱唱，人人都是一时无两的灿烂豪杰。然而，只要帕瓦罗蒂一张嘴，所有的豪杰朋友，都简朴得听不下去了。于那样乌苏的雨雾里寸步难移地行车，听着帕瓦罗蒂精光四射一往无前的歌声，实在是，神旺极了。友人看我笑个不止，一边开车一边讲，darling说两句。想也不想，跟伊讲，帕瓦罗蒂，是天安门。其他人，统统加起来，不过城隍庙。友人笑得，油门都踏不动了。

之二，然而，终究是暮春天气了。旅行回家，深夜进屋拧开电灯，空落落的屋子里，一室香然的长长的静。桌前，搁着一听明前龙井，不在家的日子里，友人默默留下的。跟人家在微信里一字一句道谢，夜里归家，看见茶，心一定。友人答，安心，年年有。我有得饮，你亦一定有。茶事是小，心事才大。饮了人家这些年的茶，终是成了几辈子的熟腻亲人了。

连夜，拿一大瓶北海道摩周湖的水，龙井茶叶很奢侈地一满握，丢入水瓶里，静置一宿。隔日晨起，那瓶子冷泡的龙井茶，碧绿生青嫩得嫣然，饮一口，香得细致绵密，凛冽秀酽，一举荡尽全副的雨愁雨闷雨困。谢谢天，岁月至此，总算是妩媚、干净、坦坦荡荡、落落大方的了。

之三，午后，闺蜜蜜来白相，携来一瓶子乌沉沉的丹阳封缸酒，搁在厨房里，古色古香，撩人得不得了。闺蜜蜜看我独自在厨房里笑意盈盈，跟脚进来，讲，darling，不是封缸酒哦，是我姨妈家里，自己榨的芝麻油，侬试试看。

这种小曲折，用胡兰成的话讲，叫做跌宕自喜。

夜里继续雨雨雨，不要紧，我有芝麻油。拿小松菜，掐下菜梗，留着榨果汁饮，全体嫩菜叶叶，细细切，自家榨的芝麻油，小盐快炒，三五分钟，滴翠一碗。如此普普通通的菜，一箸入口，香而且甜，腴美清俊，包子小人亦是赞不绝口，胜却天下鱼肉无数。晚春的小美，不过是一碗素炒青菜，四两千斤，便击败了如泣如诉连绵的雨。说给闺蜜蜜听，立即得了闺蜜蜜赞美，说是，好东西，给了你，总不会错。一边跟闺蜜蜜讲闲话，一边看家里一对猫儿女，处心积虑地攀着花瓶，津津有味地吃鲜花。两个小匹夫，让人好气好笑兼有了。

之四，久雨天气，杀时间最好去处，一是游泳池，一是图书馆。跑去图书馆看闲书，拣个空旷角落远离群众坐下来，书还没有翻开，先一眼瞥见脚边书架最底一层，菲利普·肖特先生的《毛泽东传》，一本曾经驰骋《纽约时报》排行榜久久的名著。怔怔盯着书脊，看了千秒之久。肖特先生曾经是BBC最早年的驻京记者，死命追到我的女友为妻。那些年，为写这本《毛泽东传》，我的女友，肖特的妻，不可置信地，完完整整跑过数遍两万五千里长征原路。然而，当年夫妻，今日早已分道扬镳。忍不住，拍下脚边书架，深情微给远方的女友。夜里，女友微回来，我在突尼斯拍摄中，加一枝玫瑰。寥寥一笔，害我心疼了一夜。春宵，用来缓缓想念旧人，以及往事，是多么妥当。然而，darling，多远才算旧人？多久才算往事呢？我想了很久，觉得，这件事情，还是要一件件地来细论了。

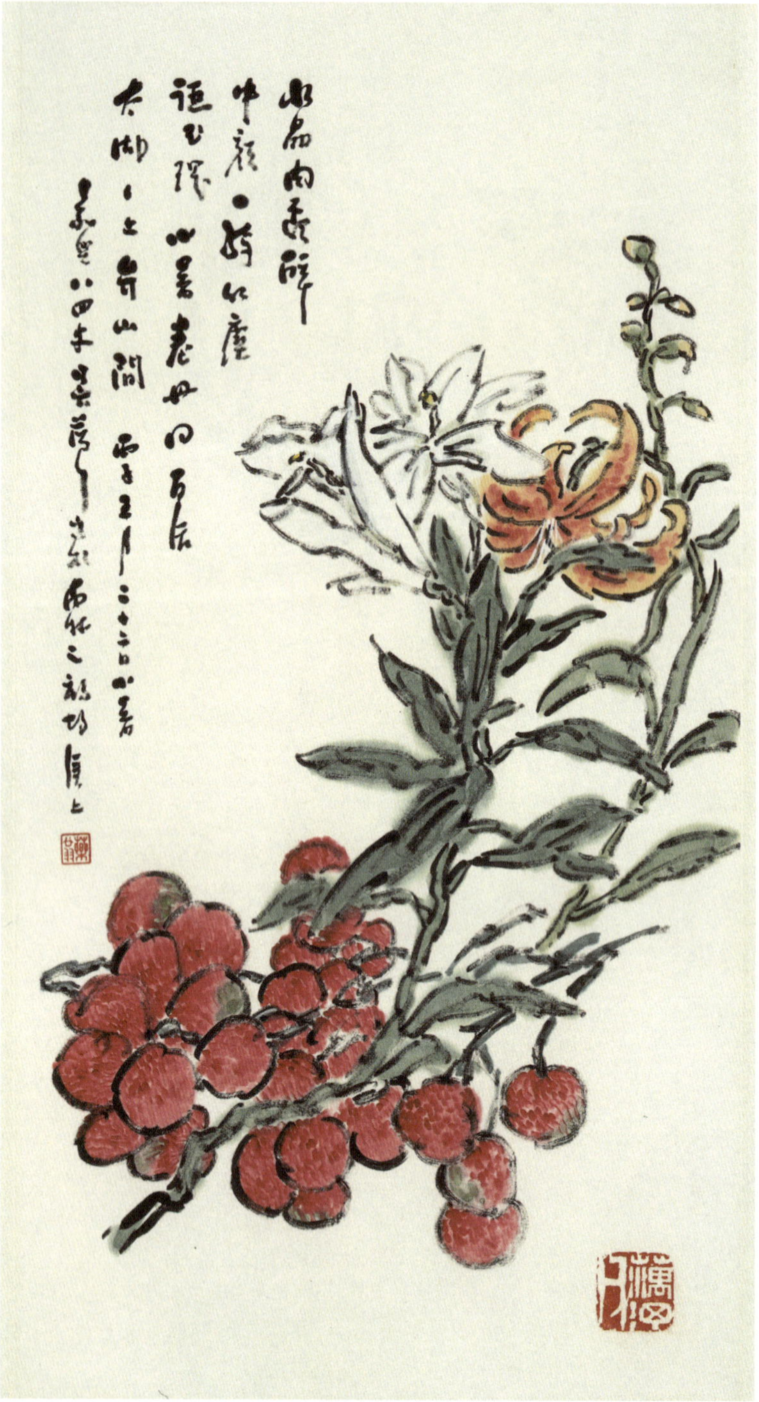

老饕鲁山人

《鲁山人味道》，日本中公文库1980年4月10日初版，手上这本，是2011年2月25日第15版。总共400页的小书，拣起来又放下，放下又拣起来，莫名耗费了两个礼拜，才断续看完。看不下去，是因为鲁山人写得毫无文采，啰嗦至死，大多数文字写于上世纪三四十年代，行文结构，涣散拖沓，于今日的读者，恐怕总要狠狠咬牙才读得下来。丢下又拣起来，是因为鲁山人确实有功夫，颇有些别样言辞供人吟味。

北大路鲁山人1883年生于京都，一生成就杰出，于陶艺、漆艺、书画、篆刻多个领域建树颇丰，72岁被授予人间国宝的光荣称号，老头子还梗梗脖子坚辞不受。另一项英名，是美食大师，爱吃之余，还死爱开顶级餐馆，自煮自食，自炼厨师，1959年逝于嗜吃田螺带来的寄生虫病。

之一，鲁山人于京都生长二十年，讲论京都食物，够精深，够幽微。京都在日本，是个罕见的，不出海产的古都，所以，京都的美食，跟海产一无瓜葛，亦是因此，长年累月，造就了京都饮食上不可置信的深耕精做美轮美奂。汤豆腐算是京都美肴代表作，鲁山人谈汤豆腐，别具一格，吃这个豆腐，务必准备杉箸，杉木做的筷子，涂漆的筷子、象牙的筷子统统收起来。杉箸不滑，撷汤豆腐最是利落秀丽。中国人有句戏词，象牙筷子挑凉粉，一挑一哆嗦，这种败兴的事情，中日人民相映成趣，能免则免。配杉箸，还要银的网匙，这才，配吃豆腐。

讲论饮食，最爱看这一路闲笔，偏偏，会写这种闲笔的美食家，人间没几个，中文的，尤其少之又少，没劲。

之二，夏日溽暑，鲁山人写了几碟私房小味，雪虎是其中之一。不过是，油煎过的豆腐，于火上烤至微微焦，堆上大量新鲜萝卜泥，一鼓作气淋数滴酱油，而已。若是冬日，萝卜泥换成白发葱丝，白发三千丈那个白发，改称，竹虎。啧啧，实在是，京都得不能再京都。掩卷深思，我想我好像没有那个本事，把响油鳝糊扣三丝面筋塞肉写到那个境界。

之三，京都出一种艳丽香鱼，淡水鱼，香且腴，生长于至清的溪流，是各路老饕趋之若鹜的至味。通常是，店家历尽辛苦渔获香鱼之后，习惯将鱼置于溪水流经的竹笼内，令鱼吐出细砂。鲁山人关照，吐砂仅限一日，一日之后，香鱼迅速消瘦，所谓的香且腴，便无从谈起。如何鉴别香鱼是否足够腴美，鲁山人讲，看鱼炭烤时候，尾鳍上一捏装饰用的化妆盐，是否雪白，如果那一捏化妆盐，烤得发黄，那鱼就没意思了，因为鱼全身的脂肪流泻出来，被化妆盐吸收了去，染黄了盐。新鲜的香鱼体质紧密，脂肪是不会如此流泻的，一旦发生这类泥石流崩溃事件，那鱼，亦就不堪吃了。

之四，事到如今，鳗鱼甲鱼这类东西，天然生长的，总是极少的了，依赖人工养殖恐怕在所难免，鲁山人写此文，是1935年。不过呢，养殖的饲料，总要考究一点，鳗鱼甲鱼的味道才不至于太离谱。甲鱼爱吃贝类，养殖的渔民嫌弃贝类代价太昂，一味地喂甲鱼吃鲱鱼，结果完了，不知哪年哪月开始，甲鱼隐隐透出一股子鲱鱼腥气，弄得人，再也无法下箸了。眼前正当大闸蟹季，如今的蟹，肥且壮，偏偏无香，亦是饲养不得法所致，大势所趋，无解难题，不说也罢。

之五，鳗鱼尽管至美，天天吃，也有点审美疲劳，老头子推荐的节奏是，每三天吃一顿。读到此处，十分莞尔。鳗鱼的一流馆子，老头子举了三家，小满津、竹叶亭和大黑屋，然后把竹叶亭拎出来重点谈了谈。竹叶亭的前代老板是个收藏家，琳派的画作，收有几十幅。老头子认为，竹叶亭的鳗鱼做得风致雅丽，根源在此。从文人画，到文人食，老头子到底是老头子。

之六，满满当当，写了一篇《山椒鱼》。在没有google的1959年，老头子查来查去，只在中国的《蜀志》里，查到中国人亦视山椒鱼为不得了的珍味。在有google的今天，我一下子就查到了，山椒鱼其实是一种两栖类动物，鱼非鱼，古老得恐龙要算是年轻小伙子。老头子一生，吃过历历可数的几次山椒鱼，每一次都珍贵莫名。据说，这种鱼，煮起来，满室山椒香，芬芳不已，令各位老饕叹为观止。有一回，老头子在友人府上，偶然遇到三尾山椒鱼，深深饕餮了一餐。难忘的是，当时，寿司屋久兵卫亦在场，千年一遇的机会当头，骄傲如久兵卫，亦再三恳请，由他执刀烹饪。久兵卫初对山椒鱼的无从下手，胆战心惊，老头子写来活龙活现七情上面，赞一个。喜欢看这种挑战极限的瞬间，复杂的心理活动，乱颤的手脚与心房，真性情井喷，戏味道十足。

之七，老头子讲起京都人的小气，算得鞭辟入里阴丝促刻。京都男人，若是个老饕，通常爱吃独食，好东西是不愿意分给家人吃的。其实，全世界古往今来，大部分的老饕，都有这个恶癖，肯把美味分给家人吃的，通常算不上是地狱级老饕。所以呢，京都常常有这种事情，客人去渔家订鱼，订某某鱼的鱼眼睛一枚，一是鱼眼睛本身美味，二是鱼眼睛刚好够一个人食用，算计精准，心思细密，不浪费点滴银子。再来便是某某鱼，肚腹之处一寸四方，亦是一人食量，稳准狠，拣的顶级味美之处。我觉得，京都的渔家，可真是好说话，如此刁钻的客人，都默默供应得起，啧啧，换在今天，这种订单早就千刀万剐给扔出去了。

之八，老头子对美食配佳器，十分在意，十分讲究，甚至说他自己，是因为看到美食没有相当的佳器配，才发愿去做陶艺的。其实老头子人生第一成就是陶艺，美食算是业余爱好。老头子还举例说明。你看看，中国饮食最巅峰，应该是在明代，因为明代的中国瓷器，是一个高潮，到清以降，中国的瓷器大步后退，饮食也严重退化。美食与佳器，一定是共进退的。这几句话，有对有不对，细究起来可以写五千字不止。不过，美食佳器，相辅相成，倒是绝无争议的真理。我也举例说明一下可以吗？名动四海的舌尖纪录片，拍了足足数套，据说万人空巷，如果我没有记错，好像，一件器都没有提起过？这样子，是不是，也太不成器了？

之九，老头子自己是顶级匠人，陶艺，漆艺，皆是霸主级的大师，对于烹饪，亦有一种匠心。他自家开的饭店，自己提炼厨师。遇到厨师应邀，上门去客人家里外烩，老头子告诫厨师，到人家那里出差，工作间歇，人家提供你的盒饭，千万不要吃，吃手艺不如自己的人煮的猪狗食，是自毁长城，是坠自己的青云之志，是灭自己威风，是无品。无品的人，还能做出上品的料理来吗？所以，饿死，也不要吃外面的低贱工作餐。匠人的这种品流之心，不可收买，不可兑换，自珍自爱，难能可贵。这种千金不换的好东西，如今是，罕见了。见得多的，倒是动不动，双手主动奉上自身的灵魂外加尊严，不要说匠人，连读书人都这么没骨气。讲一个厨师，能讲到这个地步，老头子呢，确实是懂经的。

菱、枇杷与杨梅

某日包子离家去读书，临行的深夜里，讲，很想多看一点中国的东西。

听了点点头，心里说一句，嗯，终于来了。长到二十岁，灵魂里的中国人基因，开始发力。我的经验是，通常这种基因的发力，于二十岁，是一次井喷；于中年，是又一次井喷。我的经验浅薄，尚没有抵达暮年，想必，还会有数次更凶猛的。

机场送别，答应包子，每天写一点中国的东西给他，一点点简单的文字，包子只读过四年中文，十来幅图片，三分钟看完。

慢慢就开始了写这个东西，慢慢就成了一个系列，慢慢就变得每天有一大票世界各地的亲子，一起分享这个东西。写点粉彩，写点青瓷，写点茶叶末釉豇豆红鸡油黄，写点周之冕的花鸟恽南田的没骨赵孟頫的字溥心畬的画，写点如意香盒水滴绣凳。某日酷热，写了一个荷花图，找了陈洪绶郎世宁吴应贞一堆荷花图，以及不足两百个字。包子当时在日本一个乡村，

看完讲，正想看荷花，昨日去姬路古城，看到一池荷，很想念。然后来了一句厉害的，更喜欢看残荷，特别美。讲得我一愣，二十岁的小人，竟亦懂得残荷。只能说，中国人的基因，太磅礴。接着他的话头，续写了几句留得残荷听雨声，等等。

前日写了一个水滴，亦称砚滴，中国人书房里的小玩意儿，找了15件水滴图片，从铜、玉、陶到瓷，米容看完，讲，伊亦有过一枚砚滴，老菱角，拿发卡，耐心掏空了菱肉，一角开小洞，就是了。简单几句，看了神驰，老菱角砚滴，真是形神兼备宜古宜今。

刚好是菱角应市的季节，心内不免盘算一点菱食，嘉兴的馄饨菱，粉糯销魂，真真让人牵肠挂肚。亦想起某一年的此时此刻，于友人家里晚饭，饭后开一桌牌，我这个不会打牌的女人，独自坐在屋子里，默默吃一碗菱，冰糖炖得粉甜，一粒一粒，于黯淡灯火下，有一种说不出的悠远。而牌桌上硝烟腾腾，跟赤壁大战一般。darling，那是多么好的良宵。

自菱角，就想到了枇杷，《金瓶梅》里抄一段。

只见黄四家送了四盒子礼来，平安儿掇进来，与西门庆瞧，一盒鲜乌菱，一盒鲜荸荠，四尾冰湃的大鲥鱼，一盒枇杷果。伯爵看见，说道，好东西，他不知哪里殉的送来？我且尝个儿着。一手挞了好几个，递了两个与谢希大，说道，还有活到老死，还不知此物什么东西哩。

那么清鲜隽美的果子，到了山东白相人嘴里，真真明珠暗投。

前些年看过一本日本女作家宫尾美登子的名作，《櫂》，太宰治奖的得奖作品。此书有点半自传的味道，写美登子自己幼年的家事，伊的家里，是做艺妓介绍业这一行的，买来女孩子，教养女孩子，再把这些教成的孩子，送去各地，包括战争中的中国。书中女主角喜和，是家里的夫人，一生百转千回的物语。

美登子不愧是名笔，全书开篇，笔致无限温存细密，饱蘸浓墨，细细致致写夏初时节，每年惯例，山里送杨梅来，一层层的薄汗里，喜和接过送来的荷花与杨梅，供在神前，然后留出丈夫的一份，挂在通风处，再细细算计村落邻里的人口，前村十八家，后村四十家，一一亲自分送，无一人落空。然后，才写到初夏风物的杨梅，之美之艳之淋漓。吃剩的杨梅核，丢在陶钵里，望之，如赤色的古锦。等等。这几乎是我读到过的，写得最温存的水果，最婉转的篇首。那么从容，纤细，节制，饱含莫名的哀愁。明明是欢喜的饮食，于枕上读完，却极是哀婉悱恻。至今，常常将此书抽出来，专为再看一遍篇首这一章。

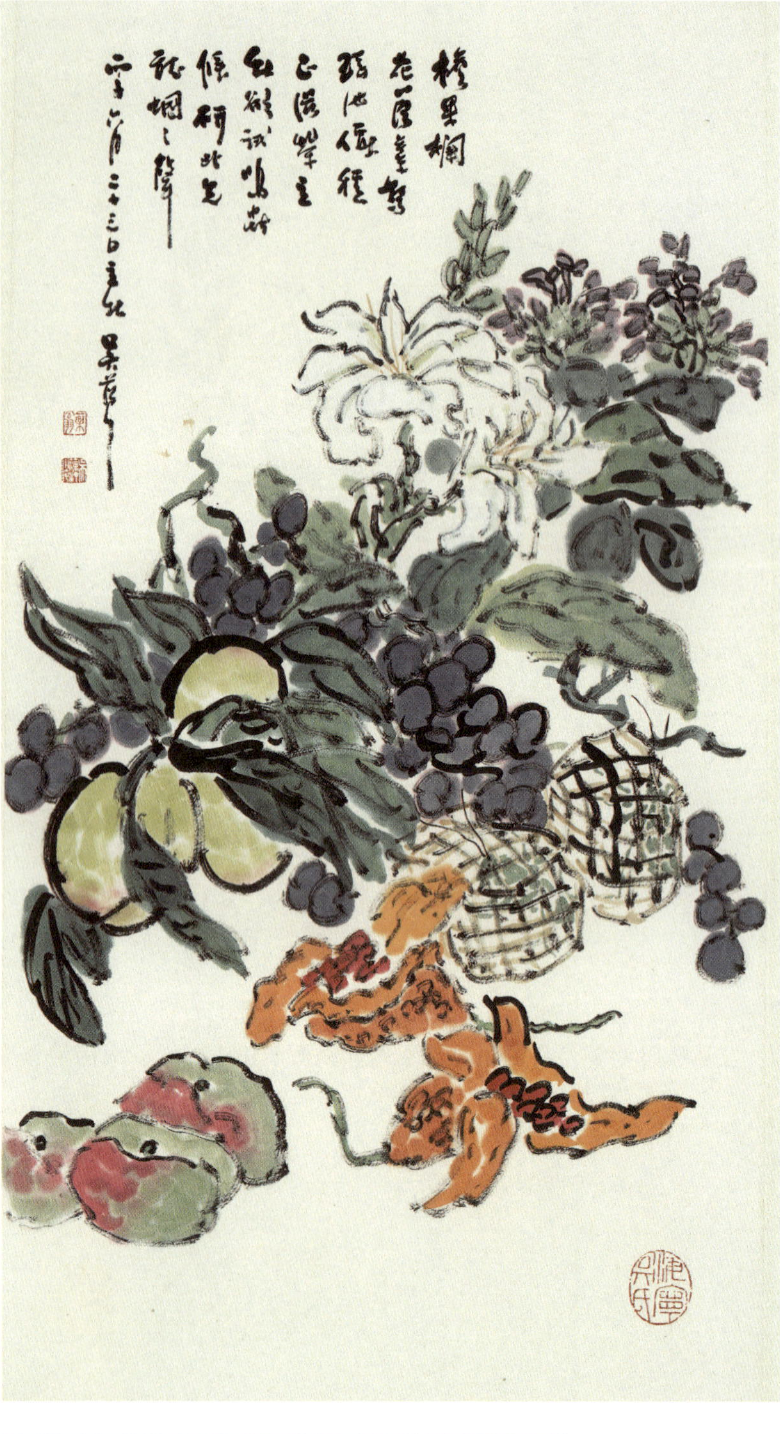

蜜汁火方，玉台新咏娇妥

之一，上海的秋阳，气质一向是虚空的，轻且薄，一点点，点到为止，让人摸不到老天爷莫测高深的热烈肺腑，日常亦就不得不战战兢兢提着一粒心穿堂入室。衣裳是多一件亦不是，少一件更不得了，喜怒无常，翻脸仿佛翻书。

午后不知为了点什么大事，匆匆地奔出去，下了楼啪哒啪哒勇往直前，耳朵里还塞着《描金凤》的"劫法场"之生死关头，闲人竟亦闲得如此掷地有声，自己把自己吓上巍峨一跳。

冲到楼下门庭，背后忽然空降一声断喝，透过《描金凤》绵密的噱头，细细辨认了一下，确认那声断喝，是在叫我，停脚回头，哦哦，是芳邻在叫住我，伊叫了我一声，继续回去伊的全球电话，五官朝着我眉飞色舞，耳朵和嘴巴献给电话，水深火热的分裂，立在旁边听伊讲了三分钟电话，深深感慨人家是对社会对人文对国际贸易卓有贡献的巨鹿路良民，惭愧自己游手好闲比上不足比nana心肝猫蜜蜜略略有余。

芳邻终于挂了电话，一把捏着我肩膀上上下下检查。这个人是文物专家，看女人的眼光，跟看出土文物一样仔细狠毒，看完三个来回，赞格赞格，再忙也要叫住你的，算是断评。虽说是隔门芳邻，我们通常见不到什么面，伊太忙，我太闲，作息终年不在一个调性上，平日里基本靠神交巩固爱情。那日立在楼前，匆匆谈心，怎么办呢，忙得腰细，大阪正仓院的，辽博的，北京故宫的，台北故宫的，秋季大展个个精彩，哪能来得及奔？一个礼拜跑两趟长沙，darling侬不知道，长沙我们卖古董，卖得热昏过去了。我在那里心乱跳，哇，马王堆人民。临别，又一把将我抓过去，记得，去辽博小心一点，机场很远，找可靠出租车，侬一个小姑娘，找个人陪你一起去。殷殷答应着分手开路走，又被一把抓回来，记得，去台北看故宫，在前后两次换展品的间隙去，前展后展都看到，赚死。哦哦答应着分手开路重新走，又被一把抓回来，嗯，今天的围脖，好看的，嗲格。分了三次手，终于跟芳邻分道扬了镳。darling，人生里，某一类红尘黏腻，我还是喜欢的。

之二，不曾见过面的读者，蓦然盛情来请客，一请便隆重请吃米其林，弄得我张口结舌多么不好意思。巨鹿路米其林好几间，捡了一间杭州菜，拉了君辉兄帮忙一起来吃饭饭。米其林darling我们上海的米其林，几乎是吃一间伤一次神的惨淡经验。极爱的蜜汁火方，端上桌看半眼，就在心里叹了气，完了，火腿切那么厚，干瘦如柴的，如何下咽？跟君辉兄笑，记得听君辉兄讲过，伊外公陈巨来与程十发讲，关照家里厨子，火腿么，要切得菲菲薄，一只喷嚏打过去，肉通通要飞起来，格么对了。米其林很吓人骇人骗人，除了心疼钱钱，更心疼那个美名，蜜汁火方啊，何等辉煌的美名啊，承载着我多少年少时候的美啊。结果是，很不甘心地，第二天，跑去另一间馆子，重新吃了一次蜜汁火方，才将我的少年梦，美如磐石地，稳固在了心底。

那日饭后，去隔壁君辉兄府上玩，看看君辉兄的好东西，摸摸他外公的印章，君辉兄一尘不染地捧出一叠旧照片，内里一枚，啧啧，大千先生跟神一样坐在中间，身后立一枚壮丽女子，端庄妩媚，响亮得不得了。问君辉兄那是哪位民国女子，君辉兄轻描淡写，名字忘记了，是大千学生糜耕云的妾，糜耕云从前学大千学得入骨的。君辉兄后面的话，我都没听见了，看着这枚妾，感慨了半半天，民国的妾，气韵上看着，比今日的正妻还义正辞严，不免太累人气馁了。

转头，看到君辉兄桌上搁着一册《倩庵痴语》，广东崇正春季拍卖吴湖帆、周炼霞的画册，抱过来，跟主人家借回家去看。啧啧，那一册东西，满是吴湖帆周炼霞的痴情话语，腻得吃不消，吴湖帆一派老房子着火的状态，周炼霞才情两媚，陆小曼要算是清淡无波的了。一页一页，俱是吴湖帆亲笔细抄的情词，念奴歌好，玉台新咏娇妥，云云，真真是一斛明珠，千丝金缕，民国直到眼前。

暮春的好

之一，暮春天气，乍暖还寒。一天一地的深黑细雨，落得人心灰意冷。本埠五月的天气，一早起来，竟还不离手地抱着个温吞热水袋，困兽一般，在屋里坐立不安团团转。

于如此的困境里，德安姐姐微来。一大早的，刚得了友人手制的老东西，给我地址，递给你。

见字，一是赶紧微地址，二是绝口不问什么老东西，蠢蠢一问，便破尽德安姐姐的绵绵心思，那是多么万恶的巨呆。思想不久之前的春宵，跟德安姐姐并肩立在南昌路一栋苍苍老洋楼上，细软夜风里，踱遍阳台长廊角角落落，身后垂帘门内，是华宴余兴，美人嘤呖婉转，不胜凄凉的别姬楚歌。一字一句隐隐听来，深觉岁月亦如虞姬，一个转身，毫无商量余地，凌厉得发指。那栋堂皇老洋楼，妄图整旧如旧，可惜，土豪手笔，终究是遍地的细节破绽。跟德安姐姐小声怨，看看，这砖，哪一块，是对的？姐姐黯然无语，神色里，一片清晖般的肃穆。便于那一夜，彼此知道了，都是倾一粒心，无限眷恋古旧的人，尽管不合时宜，彼此倒是相互成全，一夜就成刻骨知己。

黄昏里，快递雨淋淋地，送来了姐姐的小包裹。手制的老东西，竟是一袋子笋脯豆豆，酱色饱满，甘香俊美，柜子里拣出一枚豆青老碟子，盛了，跟包子一起，于震耳欲聋的英国摇滚里，一粒一粒，细嚼慢咽。真的想不起来了，上一次，是谁，做给我吃，这样古老的零嘴？

夜里枕上，微给姐姐，谢谢darling疼爱。

之二，艳闪电到埠，快来快去，眼花缭乱，一个错身，就真的错过了。等我安定诸事回过神来，艳已经闪回了洛杉矶。微信里，不胜惆怅地望望伊，妃色娇软的薄薄春衫，一双细臂，绞在胸前，神态婉媚，欲说还休。艳是福建女子，泡茶手势不是一般的妖娆。最记得，台风过境的黑雨夜，于黯淡老楼上，喝伊断断续续泡了一夜的茶。那一夜的稠人广座，喧阗热闹，我都，不甚记得了，惟一记得崭新的，是艳的静，伊于人丛里，只是静得不着痕迹，乱花飞渡，一一都是于无声处的绝赞。

隔日，仿佛神来之笔，忽然收到艳快递来的福建土产，同利燕皮，惊喜真真泛滥成灾。微伊，怎么会？艳微，拜托故乡小表妹办的。完了，跟一句，这是，福州顶好的特产了。

百年老店的手工燕皮，切细了，落到沸腾腾的好汤里，下一点细春笋，再下一点绿芦笋，双笋伴一燕，清凛细美，真真至味一盅。

每桌

洛杉矶南边，不那么富裕的区域，最近开了一间小饭馆，居然惊动到了《纽约时报》，也蝴蝶翅膀地，震动了一下远方的我的心。

小饭馆取名每桌，Everytable，看似谦逊淡静少油少盐，其实野心蓬勃内劲奔腾。滴滴淘宝，这种貌似隔壁街道幼稚园分兮的商号，如今谁还敢小觑？每桌，以滴滴口气，亦大可叫桌桌。看到这种名字，我是立时高度振奋，极想知道，这种小饭馆的背后，会是什么样的野心家，在拳打脚踢？

每桌的菜单上，最贵的牙买加鸡套餐，卖四块半美金，除了牙买加香料烟熏鸡，还有椰浆饭饭，豆子，蕉和胡萝卜，听起来相当不错，美味，健康，扎实大份，色香味俱全，甚至还异国情调浓浓，配上牙买加民族英雄Bob Marley的雷鬼音乐，吃起来应该满足感绝顶。要是铜仁路或者富民路上，开这么一家每桌，我想我一个礼拜，至少可以呼朋唤友去报到一趟。

据《纽约时报》严肃爆料，这个馆子果然是两个极有想法的理想家开的，其中一个，倒不是马云那种失意彷徨前教师，而是梦断华尔街的前精英，黯然离开华尔街那个斗兽场之后，一个转身大彻大悟，开始投身健康饮食。每桌，心灵指标，是为广大穷人，家庭年收入在两万美金以下的人群，提供新鲜健康的食物，以肯德基麦当劳吃垃圾食品的低廉价格，吃到健康阳光有益身心的优质好饭菜。这个事情，听起来，好像不是在开饭馆，而是在拯救一代人的肠胃、身材、心血管以及品位，至少也是在改变一代人的饮食模式健康走向。这种大业，通常是政府宏观规划，放置多年心血下去，深耕经营的，没想到，这两枚理想家，匹夫有责地，横刀跃马冲出来分担了一下。

异想天开的是，每桌，计划在今年秋天，于相距仅仅两英里之地，一处比较富裕的区域内，再开一店，一模一样的套餐，打算卖九块美金。两店近在咫尺，售价却相差一整倍，这在经济学家眼睛里看起来，有点自己把自己搞疯的意思。而二位理想家却笑容灿烂信心满满，豪言今年之内要开出四家店，明年之内开足二十家。

天天满大街找鸡血找得精疲力竭的风险投资专家，面对这样新鲜淋漓的案例，十分来劲，讲，关键是，关键是看他们，如何讲他们的故事了。语气充满挑衅，等待20集电视连续剧的心情。

盛暑天气，于《纽约时报》的经济版上，读到这种报道，我觉得相当清暑，断断续续，抄一点在这里。一边抄，一边想起我国从前，赞美男人的几个字，决事如流，应物如响。远方那个粗犷的城，出其不意的，倒是有这种质地。

顺便再添一笔，无论是铜仁路还是富民路，不要说四块半美金，就算是九块美金，亦很难吃得到这样的套餐了。本埠物价之惊人，这里就没办法写下去了。十分期待吾国吾城，亦有若干理想家，匹夫有责地站出来，挑战一下饮食物价，这头疯长暴长欺人太甚的独角怪兽。

暮春的饮与食

之一，今春有福，得各色明前俊茶，从杀气腾腾如卡门小姐的野茶，到婀娜婉转如奥菲莉亚的碧螺春，各有各的风华凛凛。地大物博这件事，于饮食上，最是体现得淋漓尽致。

明前清茶，得个清字，最宜晨饮，一大清早，挑拣不了疙瘩茶食，那就挑拣一点音乐。野茶配肖斯塔科维奇，碧螺春配斯克里亚宾。绩溪名茶金山时雨今春是初次见面，绿茶里，算得稳重沉郁那一路，清早泡了在手里，翻张昆西·琼斯来浓一浓。

今年的暮春天气，空前地溽热烦闷，黄昏之际，不免思想一碗清爽茶泡饭。茶泡饭跟蛋炒饭一样，非隔夜冷饭无法办妥。取滚热的清浓茶汤，扑扑满倾入冷饭内，略泡三分钟，滗净浓茶汤。重新再泡一壶清淡茶汤，簌簌注入饭碗内，就成了。前一泡取其味，后一泡取其香。而两泡清茶，都需极速手快，一慢，饭粒绵软，失了清爽，就不可吃了。

如此费两泡茶汤的茶泡饭，除了亲手弄，米其林三星馆子里也休想吃得到。费两泡明前俊茶，侍弄一碗无风无浪的茶泡饭，也算是一等奢侈的人间小事了。

之二，老友召食，三人小宴，我是最称心这样子窃窃私语的温存。寻常日子里，六人以上的饭饭，一年最多吃两次，超过六人，就誓死不吃了。

馆子堂皇，隈研吾的作品，通体和纸的墙，说不出的黯淡光芒，谷崎润一郎阴翳礼赞那四个永恒的字，再一次跳上心头来提神。造价之昂，放眼世界，也就我国办得到了，我猜。

其他还好，一人份端上来的一碟子红烧肉，浓油赤酱华美如上乘徽墨，边配取得灵巧，一枚溏心鸽子蛋，柔媚滑嫩无比，与澎湃红烧肉做成一流的呼应。美女与野兽，霸王与虞姬。简直有诗意。

默默吃完这一碟，推盘问友人，哪里来的厨师？答是香港挖来的。

之三，随友人春游徽杭古道，徽州的青绿山水如绘如画，跟江南的软糯不同，徽州多少有一股硬里子的蛮劲。油菜花谢尽，油菜籽结老，蓬蓬如云地散在地里，一路望过去，辽远的草木丰盛，以及收获在握的笃定，跟托斯卡纳神似极了。

徽州不乏佳肴，慢慢找时间来仔细写。很奇怪，那么多日的一路好食好饮，回家之后，最念念不忘的，竟然是一碗当地的家常馄饨。别致是别致在，那个馄饨的馅子，是取红米苋制的，一碗玲珑地捧上来，剔透在那个嫣然粉紫里，我是真的呆了一呆，想不到，农家清贫饮食里，竟会有如此神仙媚人的小食物，这样子佳美的点心，完全是《韩熙载夜宴图》里的内容。

然而，好吃吗？darling，不好吃，一点不好吃，滋味模糊不知所云。谢谢天，还好它不好吃，免了我朝朝暮暮的思念。

人呢，就是这样难搞到可恨的。

于徽州辗转的途中，友人给我看他在制墨工坊里拍得的一小段视频，那些手工制墨的老师傅，茶歇时分，人手一枚白煮蛋，捏在墨黑的十指间，言笑晏晏，吃得唇齿分明，香极了。

米食与面食

吃惯了米的人，大多对面食，不会有深情。比如江南人，细白好米喂大的那种，仿佛不会凭白无故地想念面食想到肝肠寸断口水淋漓。家常食生活，顶多偶尔包几枚饺子换换口味，已经算是相当繁冗隆重的面食了。江南人出远门久了，回家第一件要事，总是淘米煮饭，仔仔细细，吃一餐干净白米饭，一碗好饭落肚，端一盏龙井在手，嗯，归家的一粒心，算是妥帖放平。

虽也是这种米饭养大的江南人，偏我有问题，对养大我的米食，不够衷心，有二心而且浓郁，这里一字一句主动坦承了，我竟然，还深迷面食。迷到什么程度？迷到至少一年一度，千里迢迢奔去北方，一种接一种，狠狠吃够，才解忧。这点对米食的叛乱之心，是从哪里来的？默默思考了二十年，真真不堪琢磨。

春日远赴河南，中原的面食，想念了很久，总算是，亲亲密密亲炙了一回。

从郑州的机场出来，堵堵堵堵堵堵，一路寸步难行堵到城中，已是午后两点，司机直接带去烩面铺子，仿古桌椅，窗明几净。这个时刻，食客寥寥，极是安恬。羊肉烩面大大碗，重磅捧到面前。豫人的烩面，宽汤醇浓，滋味极厚，面条宽过手指，筋韧扎实，劲道浑猛。一大碗下肚，对这趟刚刚开始的旅行，仿佛是个欢喜行礼。烩面没什么卖相，滚滚的浓汤，粗楞的面。跟南方细柔清滑的精致阳春面，完全两个路数。那日整个店堂，除了我们，仅有一位本地食客，一位刚刚跑完马拉松的中年孤独男，心情沸腾地慢慢享用烩面。一眼一眼望过去，关于男人，关于面食，想想相当动人肺腑。

　　北方面食的另一个迷人，是面食之外，通常有形形色色的凉拌菜引人入胜。吃米饭的江南人，总是习惯热饭热菜相伴相随，即便是酷暑天气，亦不太会满桌子清一色尽是凉菜，总也要小炒两碗热菜才算乐胃吃饭。而北方面食之域，却颇多一碗热汤面食，伴随两三碟凉拌小菜的食法。奇异的是，荤素无边，贵贱不分，好像任何食材，都可以牵来凉拌，而且，真是空灵简净，清爽好吃。

　　那日的烩面铺子，玻璃柜里，满满的凉拌菜眼花缭乱横陈一地，让人纠结个半死。顶顶美貌，是一碟子凉拌黄瓜苗，小手指那么迷你的黄瓜苗，枝枝戴一朵艳致黄花，凉拌来，清爽脆甜，叹为观止。此后于豫中且行且食，吃过种种凉拌小菜，服务生人人和蔼，拿个盘子，按你的指点，一种一种地拼。红油莲菜，凉拌面筋，糖醋心里美，酸辣银条，等等。三四味凉拌菜，堆成如山一盘，客客气气收你十块钱。

N

78　饮食笔记

牛肉和它的贵妃们

　　天下的妇人们，翻翻箱底，大概人人都有至少一打的私房菜谱，是关于慢炖的。殷勤主持一份家，二十年，三十年，以至漠漠半生，日复一日年复一年，温柔喂饱屋里数个大小亲人，这些私房慢炖，一向是妇人们趁手好用的心腹爱将，如吕布，如赵云，如林冲，冲锋陷阵，暖老温贫。慢炖菜大多丰盛，温醇，火候深邃，滋味层层叠叠绵密悠长。天下最难学到像的私房菜，一定是这种美丽文火幽幽焐成的慢炖。每一粒女心是如此的不同，每一锅的慢炖，便亦如此地迥异。

　　家中小宴，有一味永恒看家菜，贵妃牛肉，名字亦妖娆，卖相亦丰美，滋味简直赢尽天下男人女人心，跟法国菜亦搭，跟中国菜亦和，红酒黄酒无不相安，真是想不出，还有比它更适合上台宴客的慢炖了。几乎每一次宴罢，都被友人们抓紧来问，究竟如何炖的，问多了，便有了这篇小文。

　　喜欢用牛腱子肉，切大块，两大勺子酱，小火煸一煸。多年前，从亲爱友人手上，分享到这个菜谱的时候，似乎是甜面酱豆瓣酱混合一下来煸，到了我这里，改成了日本味噌。最近爱用的，是托友人从佐贺买来的手工味噌，滋味正而且厚，煸个十来分钟，略略有点酱与肉合一的意思了，便加生抽，丢两粒漂漂亮亮的大茴香进去，再丢四五瓣蒜粒子进去，切几个大西红柿，来一大瓶杂牌红酒，所有的调味，这就差不多都搁齐了。

　　那么，贵妃呢？贵妃姗姗而至。拣长得美美的胡萝卜，切大块，一定记得切大块，太小了，炖成了，杨玉环落魄成了小梅香，是极败兴的。还有便是切漂亮点，千万不要滚刀块，想想看，滚刀的贵妃，也太扭捏也太悲情，我是多么地不喜欢。

　　然后便是慢慢文火炖。炖多久，取决于牛腱子，伊何时酥软了，这个菜，亦就成了。炖好了，莫要心急吃，天下的好人好事，都少不得一点耐心等待。顶好搁一晚，第二天再吃，牛肉和它的贵妃，缠绵一宿，想想看，那是完全不同的境界对不对？

宴客时，贵妃牛肉上台，喜欢配土豆泥，他们真的是天下难得的绝配。拣硕大的素色盘子，细瓷的亦好，粗陶的亦不坏，倾城而出的牛肉和他的贵妃们，温润，酥软，柔腻，肥满，牛肉如霸王杀伐，胡萝卜如虞姬娇妍。一向是，贵妃得的赞美，远多过霸王。那些精华饱含的胡萝卜，粉润馨甜，动人得不得了。吃肉边素的狡猾家伙，此时此刻，可是占尽了芬芳便宜。

初级版的贵妃牛肉，就这样了。高级一点，贵妃之外，切牛蒡下去一起炖，那个滋味，便有一点清澈小禅，极是勾魂。通常是，有了贵妃，人人就放弃牛肉了，而有了牛蒡，贵妃也成了无人搭理的糟糠。这个世道很残酷，吃饭的时候，顺便亦吃下了一大杯的感伤。

糯的东西

纵观人生，没有一种感觉，比糯，更让人百感交集。

首先是这个字，糯，讲在嘴里，已经是一团绵柔纠缠不清，唇齿之间的亲密合作，缠绵得有一手。北方把糯米称作江米，在我这个上海人听起来，那个江字，硬生生的，实在不知所云。

糯米及其制品，当然是糯得没有话讲，粉白的圆子、喷香的粽子、猪油汹涌的八宝饭，统统令人折腰。无论多么想瘦身，糯食当前的那一刻，意志力全线崩溃，坐下来眉开眼笑地享受一个小碟子，女人就是这么软弱无用的一种人。是啊，在一顿午茶的时间里，你就可以把她们看得透透的。然而看透了又如何？你还不是照样迷她们迷得死去活来？

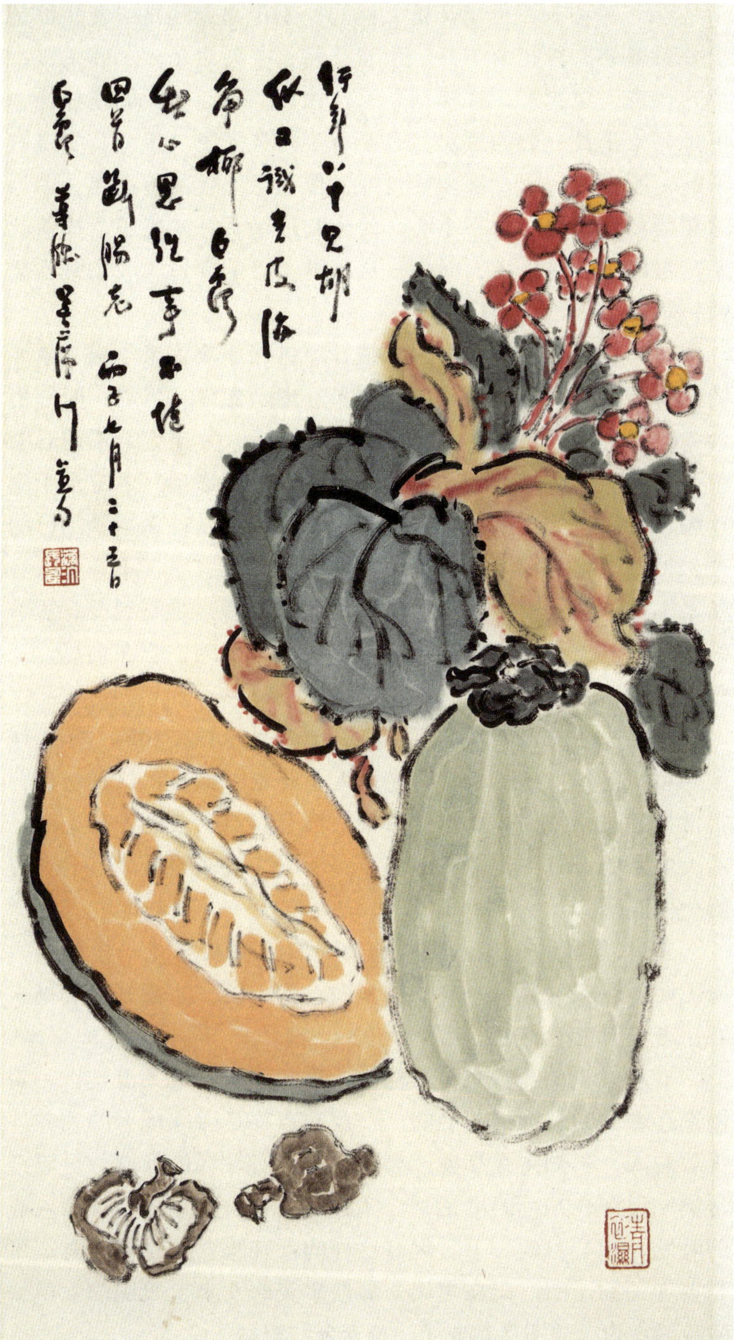

芋艿那种东西也是又粉又糯的，不论甜食还是咸食，都是十分讨喜。桂花糖芋艿，葱油芋艿，芋艿盒子，芋艿菜饭，芋艿鸭汤，说起来，样样都是家常饮食，没有多大的花样经，可是好吃是铁一般的事实，只要有芋艿在那里。芋艿其实挺君子的，跟谁在一起，都表现良好，像人缘上佳的万人迷。因为这东西口感粉糯，一不小心，就会吃过了头，吃完了，捧着肚子，自己跟自己生半天闷气。这种没出息的事情，我是常常会做一做的。

有一款家常菜，红枣去了核，填进一小块糯米年糕，拿冰糖蒸得透透的，直白的叫法是糯米红枣，做作一点的，叫红梅含雪，最好的叫法是心太软。我们下馆子，才坐定，不用看菜单，先请服务生端一碟子心太软上来，就着冻顶乌龙吃个十颗八颗，心是真的会软下来的。心太软虽然不是什么精妙不已的菜，但是做得好的馆子，也不是很多的，或者枣子不香，或者糯米不糯，败点很多，不胜枚举。最吓人的，是吃到没有蒸透的心太软，里面那小块的糯米年糕还是夹生的，吃在嘴里，一路惊寒到心底。

好像每一个剧种里，都有一个流派是走糯路线的，那种糯派明星，迷起粉丝们来，真是杀人不眨眼。而且，这种糯派，常常是最难学样的。糯这件事情，惟有自然天成的才是上品，后天学来的，终不是那么回事了。所以，糯派也是最容易失传的一种流派。

美人里面也是有一种糯米美人的，皮肤雪花一样灿然，粉团团一张银盆脸，一身的糯米肉，掐一把，手感好得震撼人心，唐僧肉也不过如此吧？

有种女人的嗓音也是糯糯的，讲起话来，绵柔温婉，一句慢慢连着一句，绵绵不绝的，一声一声都是大家闺秀的教养，听着的人，不知多么享受。有一两个嗓音软糯的女友，可以经常煲一煲深夜知己的电话粥，实在是人生一大幸福。夜深人静的时候，扪心自问一下，你有这样的女友吗？要是还没有，可是要加加油了啊。跟糯声比，那些甜美的女声、爽脆的女声、喑哑的女声，差不多都成了一览无余的粗品了。

84　饮食笔记

清秋两题

之一，打电话给鲍卿先生，替友人约妥时间，去鲍府上，排排八字前程。鲍先生是本埠盲派命理一等一的大师，跟鲍先生讲，格么，我就不过去了，让友人自己去了。鲍先生颇诧异，侬做啥不来？一道来白相相。

倒也是，人生无事常相见，遵嘱去白相。

午后闷热，鲍家的老房子高敞，不腻不热。屋里黯沉沉的，物物堆得崇山峻岭一般，各种卷子，柜子，以及苍秀的古琴与弦子，连墙上都挂满。陪友人在廊下坐，寒暄几句，吃两碗茶。末了，友人贴肉掏出生辰八字，我立起身，识趣回避，离开廊下，进去里屋。

屋内深阔，幽静，坐着位女子，在缓缓抚琴，伊是鲍先生的学生，鲍先生理命之余，尚善理琴，是颇厉害的古琴大师傅。女子长得耐看，容颜秀展，坐在这种老房子里，十分沉得住气韵，我喜欢。女子客气，斟了茶给我，仍坐下抚琴，我亦无事可做，捧着茶，默默于琴边细听。竟，听了满满半个下午。琴够好，宅够老，以及寸步之遥，以及一对一，实在天时地利，件件完整。琴音极圆满，意蕴很到家，句句直指人心，简直少有的听琴经验。李祥霆的九霄环佩，我亦听过不插电扩音的，仿佛，远没有今日今时此时此刻的好。女子低眉一笑，古琴么，从来不是表演型的乐器，私下里一对一，顶多一对二三，听着才有意思。恰巧几日后，去听一个新派中式家具的讲座，进门听见主讲者在意气风发弹古琴，一枝麦克风搁在琴边，扩大出来的琴音，塑料极了。立了三分钟，忍无可忍，告辞出来。

思忖着，等天气清凉了，携点好茶叶，去请鲍先生亲自弹琴来听。

之二，伏日与清秋，都是吃羊肉的好季节，我想我的前世里，总有一世是匈奴，三天两头，于城中忙碌觅羊。

真如的羊肉馆，一百年不止了，白水煮煮，切厚厚片，简单一盘子，朴素得不能再朴素。肉肉入口即化，细软，嫩香，算得肉中翘楚。想想米其林那些洋盘，哪里会懂这种佳美？不说也罢。某日去，居然没开门，停水停电，门口一堆向隅落寞食客。晃到老街上，看见一枚本地老伯在零拷黄酒，默默凑过去，问，哪里还有好吃羊肉啊？老伯很尽心，绕了他刻把钟路，带我到弯曲陋巷里，交给老板娘。原来，是一家海门羊肉馆子，二十四小时滚锅沸腾，煮得极好的羊肉。切肉肉的时候，老板娘问，要哪种？羯羊还是普通羊？吓一跳，第一次听到，上海也有羯羊，一直以为只有宁夏甘肃那些地方，有羯羊。还是选了普通羊。

改日去土耳其馆子吃羊肉，羊羔肉炖十来个小时，配栗子米饭，老板毫不谦逊，跟你讲，我敢保证，这肯定是你吃过的，最好吃的羊羔肉。老板的胸，算是拍对了，确实是，人生最佳羊羔肉。那种曼妙，亦是只有羊肉能够贡献，鸡鸭猪牛都办不到。我还爱土耳其馆子的落地百叶窗，正午时刻，遮得严严密密，百叶里依然顽强透彻出窗外的烈日骄阳，仓库改成的大屋，空荡清凉，一派懒洋洋的游牧气氛，穿件丝衣，凉津津地歪在那里，从羊羔肉吃到土耳其咖啡，动辄消磨掉一个下午。而食器刀叉，那刀子是阿拉伯弯刀状的，帝国的妖娆，于那么一抹刀刃之上，凛凛彪悍了一把。绝赞的说。

秋早

白露初秋，早晚略略有了凉意。夏日的那些吃食，亦就慢慢地，要收拾起来了。

写点蔬菜。

丝瓜我是极爱的，蔬菜里，难得有性子那么别致的，清丽柔媚，不是一般的厉害。过了夏天，就要等明年了。那种软软的想念，搁在心里，其实亦是不错的，跟岁月有情，跟食物亲。真的不错。

西红柿亦是夏日的好，野地里生长，有酸味，有精神。过了这一季，虽然整年都不缺西红柿，温室里焐出来的彤红作品，滋味终究差了许多，不堪吃得很。带包子去本埠鼎鼎有名的西班牙馆子午餐，菜单上有西班牙名肴西红柿冷汤，是包子小人的心头爱，结果隆重端上来一试，竟然不酸的。包子朝我苦苦一笑，低头默默饮完，一语不发。darling，饮到不酸的西红柿汤，那份郁闷，确实严重。奇怪，那么讲究的西班牙馆子，竟然做不好一碗家常汤。我想，伊家可能是讲究过了头，用的，是温室有机西红柿，滋味寡淡无趣，亦就无法可想了。西班牙菜的热烈奔放，粗中有细，那种浓情火炽趣味，在本埠一丝不苟的高级馆子里，绝对是吃不到的乡土之愁。

以及，夏日里的万人迷，毛豆，到了初秋，亦渐行渐远寥落起来，天再凉下去，就无影无踪了。每日晨起，拿半斤新鲜毛豆，煮豆浆，滚热煮起来，豆香奔腾，粉绿的一杯，让我常常在晨光里，端详久久。再粉碎一节山药进去，柔腻香滑，补得不能再补。一直以为，这杯粉绿的东西，是夏日最经典的美食，美艳兼美味。

再写点荤的。

黄昏时候，接芳邻女友微信通知，darling，今天去淮海路培丽晃，买了刀南丰肉，留在你家门房了，回家时候记得去取。于泥泞不堪的路上接的微信，心里已经翻滚，南丰肉肉啊，darling女友啊。

夜里回家取肉，灯下打开油纸，极正经的南丰肉，又细又香，油吱吱的，真真美极。初秋，是南丰肉肉应市之始，新鲜得动人心魄。连夜切两个薄片，炖一盅花胶鸡汤，一屋子，香得富丽堂皇。隔日，再切三五个薄片，蒸点千张，蒸点冬瓜，煮一碗阳春龙须面，十分合适的初秋趣味。周末睡饱了起来，忽然想疯一疯，奔下楼，买个刚出炉的法棍，回来切南丰肉肉，菲薄地片片，略略一煎，夹在法棍里。谢谢天，人间竟有这么迷人的三明治。也许不久的将来，本埠各色馆子里，会有这么一味可亲可爱三明治。只是，搁哪种馆子卖才好呢？中国饭馆？法国饭馆？还是西班牙饭馆？让他们打架去吧，为好肉肉打架，总好过为石油打。darling你说呢？

清茶与黑咖啡

吃茶，还是吃咖啡，一向是个很难搞定的小型难题。

有的男人，言行举止，一针一线，都非凡洋气的，想想跟这种人精坐下来，定规是吃咖啡的了，偏偏人家天真偬俛一笑，说，喝茶，凤凰单枞最好。这种时候总是深度气馁，以为自己修炼半生，自负多少懂得看一点男人，结果不要说底牌半张不曾摸到，连门框子都没摸完整。

也有的女人，长一张苦大仇深的贫农脸，性子淳朴敦厚，妇人午餐会上，一向钟情一海碗的山西刀削面。这样的女子，饭毕跟伊对饮，以为普洱香片大致对路，偏偏女人花腔妖娆，说，吃咖啡吧，还飞沙走奶，沉沉一杯黑咖啡，状况十分黑里俏。

还有种人，更加难搞，上半天吃咖啡，下半天吃清茶，泾渭分明，一丝不苟。这种人，似乎统统是中年男，今生今世遇见过不止一打。难搞的是，这种中年男，每个人上半天和下半天的分界线，是不同的，有的是中午十二点半，有的是下午两点一刻。问伊，darling啊，吃茶还是吃咖啡？人家是要先捞起手机看时间的。万一是下午两点二十分怎么办呢？男人还心潮澎湃沉思一下，咬咬牙，做下定决心赴汤蹈火状，说，好吧，今朝就陪侬吃咖啡吧。看见中年男的人生，纠结至此，不免滚滚笑翻过去。为什么清一色中年男？呵呵，失眠多发人群啊。

比较不喜欢既热衷吃茶又热衷吃咖啡的人，样样尝鲜，杯杯来劲，很滥情，很没品，还有点小贪。人到中年，太兴致勃勃了，就有点混账的意思。

更不喜欢，既不吃茶也不吃咖啡的人，吃白开水的人，天啊，这种人，天下一等难搞。

古往今来的好茶好咖啡极大繁多，多到不胜枚举的地步。清晨邂逅冷门好茶，午夜撞见黑马咖啡，都是一生难忘的艳遇，值得再四回味。不过呢，天下好人好事，都有一个共同缺点，就是不可追。茶与咖啡，莫不如此。

一位咖啡男友，二十年跟伊坐下来，一向是看伊热腾腾喝心爱咖啡，有天心血来潮，问伊，darling，什么样的咖啡顶顶好喝？

人家浅饮一口，抬头妩媚一笑，总结半生经验，答，奶多，糖多，咖啡少，就好喝了。

我很抱歉，没有忍住，爆笑了一下，四溅的样子，啧啧，超级糟糕的说。

晴天面疙瘩

亲爱台胞女友微信来，darling明天来我家吃午餐，台湾流的面疙瘩。

我刚刚掉进泳池里，湿答答十指飞扬，立刻答，奔去。

女友再微，我老母做，要学，十一点半以前到。

我抹一把满脸的水，手忙脚乱，答，飞奔去。

第二天，是个上等脆嫩的朗朗晴天，我们浦东乡下，天蓝蓝，风细细，有零星鬼佬，骑着自行车，插满一兜郁金香，妖滴滴，慢腾腾，招摇过市。

快步走去女友家，进门娇声大叫伯母好，女友的七旬老母，从台北来，头顶上金光闪闪，一个厨神光圈威震四方。伯母开口跟我们小辈说话，呵呵，不得了，是上海闲话啊。我大乐，拧一把女友，搞半天，你老母上海人啊？我这位女友，是重庆老父和上海老母的掌上明珠。伯母跟我得意，说，我去菜场买菜，都讲上海闲话的，呵呵。

亦步亦趋跟进厨房，一瞭望，一小脸盆的面糊，一大锅的高汤，面糊调得黄腾腾的，捧起来细看，是调了煮熟的番薯进去。伯母告诉，还有番薯粉的，没有番薯粉，不会那么Q。侬上海小宁，小辰光吃过面疙瘩伐？吃过吃过，小辰光姆妈没工夫烧饭，就弄面疙瘩吃，不过高汤是没有的。伯母，我交关交关年没吃面疙瘩了。格么去饭厅里坐好，一歇歇就有得吃了。

一群女友，一人一海碗的面疙瘩，大骨炖起来的高汤，冬笋菌菇，虾仁淡菜，伴着黄腾腾气势磅礴的面疙瘩，啧啧，香彻云霄。我低头一碗，抬头跟伯母撒娇，人家还想添半碗。伯母大力拍我肩头，侬最乖，吃得最多，我欢喜。然后赶紧预订下一餐，格么伯母下趟做啥小菜给我们吃？厨神伯母胸有成竹，砂锅鱼头。我跳起来，厉害哦。女友在旁边翻着大眼睛穷得意，我妈什么不会做？我气馁得不是一点点，等我们这辈妈咪，活到六旬七旬，儿女可是休想吃到这些私房菜了。

隔日微信女友，谢谢她的午餐，也谢谢她老母。女友很郁闷地复我，darling，我带老母去逛淮海路，结果老母不开心了。看到一间叫哈尔滨食品厂的店子，很欣喜地奔进去，一看，老母很生气啊，没有一件东西是从哈尔滨来的哦。隔壁还有一间长春食品店，里面也没有什么东西是从长春来的。老母讲，怎么也没人管管的啦？

92　饮食笔记

热食

之一，与蜜雪儿约会，沸火滚烫的约会，晃去淡水路吃东西，再晃去巴黎新村看老房子，一边汗流浃背乱晃，一边听蜜雪儿讲些妇产科里回肠荡气发人深省的私料八卦。逼近40度的高温天里，全上海兴致最勃勃的两枚女子，大概就是蜜雪儿跟我了。我猜的。

淡水路从前是鹅卵石铺路，一间著名的淡水路小菜场横在中腰，十分具体地解决民生问题漫漫若干年。如今的淡水路，开始解决周边商铺租金贵到崩盘之后的民生问题继续漫漫若干年。新天地田子坊思南公馆，一个一个相继暴贵到不近人情之后，淡水路窈窕浮出水面，变得好吃好玩好合理起来。

拣了Small Spice推门进去，蜜雪儿十秒之内，以医院总裁的精确如手术刀的犀利眼光，告诉我，一共12只位子。这家小馆子做日式咖喱，吃咖喱牛肉蛋包饭，豆腐牛油果色拉，这种菜谱，只有日本人想得出来。东西老老实实地好吃，馆子简简单单地美好，本埠著名女强人蜜雪儿心花怒放开心如一枚玲珑小女生。

饭后跟日本人老板聊聊闲天，前中年男，漂洋过海跑到上海开这么间小馆子，想必是半肚子的故事。看我吃完饭，拿着铺子里的日本杂志乱拍照，日本男人一声不响走过来，帮我收走餐具腾出空间，安安心心摊开杂志尽兴拍。

最后坐不住了，厨房开始称香辛料，准备熬咖喱，弥漫一屋子的洋葱生姜的辣味，刺激得我们热泪长流。

推门出来，街对面就是大雅堂，进去晃晃，刚巧大雅堂的女主人，亲自在铺子里照料生意，便慢慢聊聊天。据称，是给田子坊的高腾租金，活生生给赶到淡水路来的。

之二，亚妹妹召食，于鲁迅公园内的莹珠阁，开一席精致小宴。无比闷热溽湿的黄昏，穿过荷叶田田的公园，于轰然喧阗的蝉鸣中热汗淋漓地奔去。亚妹妹心思甜蜜，特地备了我爱的庆林春小叶茉莉，酽酽泡了来，一盅入口，真真消暑解愁困，绵绵叹息不止。

当晚最媚人的菜，是一味麻球薄饼封神榜牛肉，听起来像章回小说之一折，十分提神十分补。菜是拎在鸟笼里上桌的，炫得眼花缭乱。撕开薄皮大麻球，将秘制油条碎与封神榜牛肉，一股脑塞入球里，哇呜一大口，真真豪迈动人，气贯长虹。一球入肚，果真添我很多很多三伏天里勇往直前的心与力。

席上多枚本埠博物馆专家，闲闲讲起于隆冬深夜，千里奔驰去宝鸡的博物馆，请出3000年前的铜车马部件，匪夷所思地端详良久，心潮之起伏，不足与君说。

良宵如此，不一而足。

软食

喜欢软食，轻，软，薄，滑，那种。

人家吃面，要筋道，我从精神追求，到口感欲望，都不是很需要那种剑拔弩张。面条以细软为称心，滑滑一挂，荡漾在好汤里，那面瞬间便浸透了好汤的悠然滋味。细软之面，最是怕糊，一糊，就糟糕了。所以爱吃细软面条的人，大致都喜欢深碗，宽汤，而面，仅少少一卧，便好了。香港有家馄饨面世家，那个碗，比市场通行规格整整小了一大圈，店主的意思，就是要你吃到最后一口，那面，依然是不糊的。这是用心，亦是食趣。做人的滋味，全在这类密密麻麻的细节里。

上海人的小馄饨，亦是吃个软滑，一把金鱼尾巴似的绉纱馄饨皮，绝对抢走鲜肉馅子的戏。可惜，现在的人，懂经的可是少了，人人刻苦在小馄饨的馅子上作怪，什么虾肉馅子咸蛋黄馅子，群魔乱舞的，偏不懂得在皮子上下点精致功夫。这个

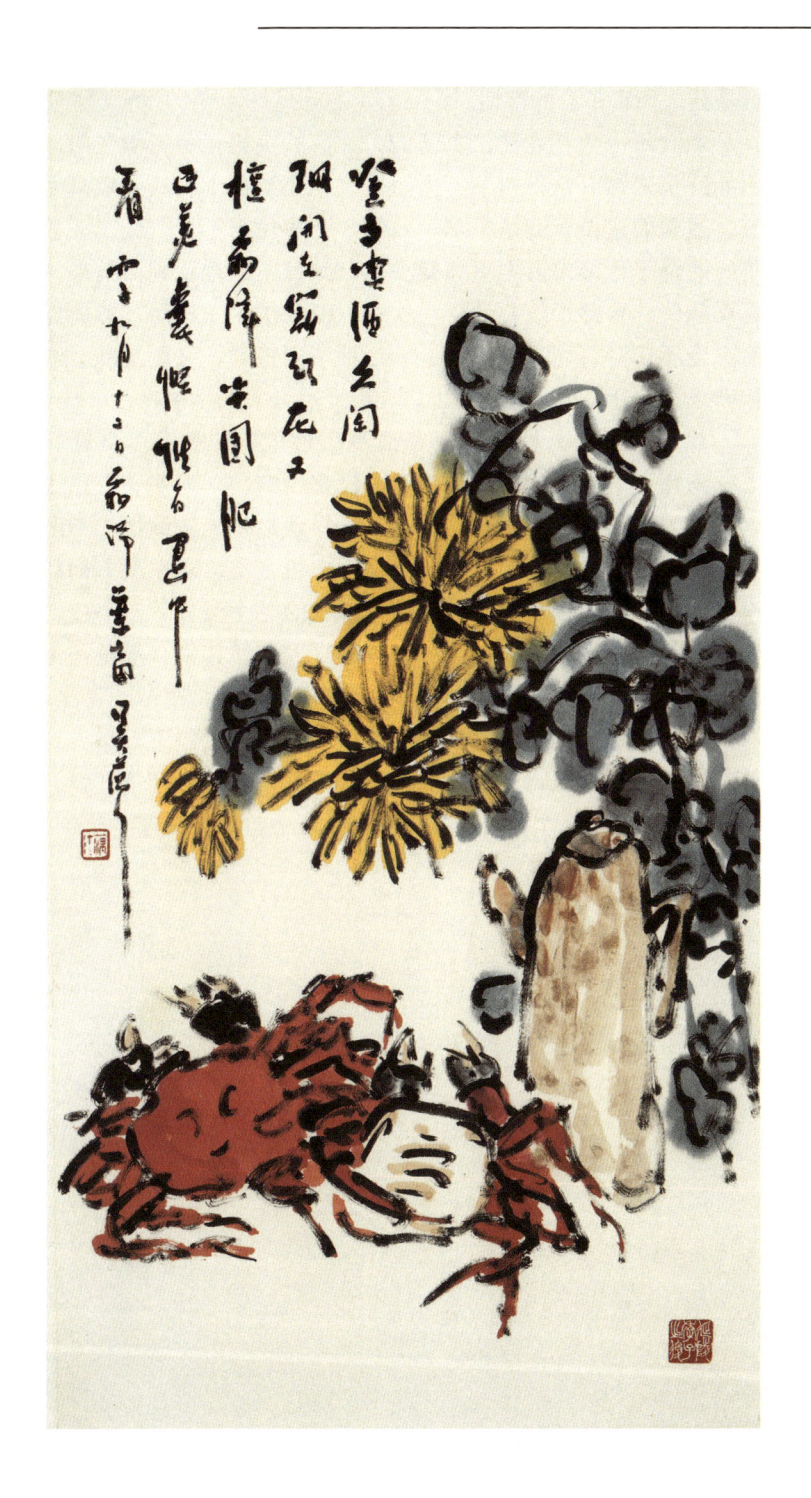

真是让人惆怅不已的事情。

软食不一定都是清淡寡薄的，亦有腴美纷呈金玉满堂的，比如红烧猪蹄。这种粗菜，出门去吃，还真会十有八九败兴而归。通常的错误，竟是千篇一致的，无非炖得不成气候。一只美好的蹄子，偏偏有本事炖得夹生，桀骜不驯地跑到面前来，真真胸闷。猪蹄子耐心炖得它软和，便成了无上极品，那皮那筋，无不千娇百媚，腴美迷人。这种江湖粗菜，又肥又酥，浓糖赤酱，十分消灭人的意志力，亦十分提升人的幸福感。

软食的细巧入微，体现在很多甜食里，比如芝士蛋糕，芝麻汤圆。入口即化的芝士蛋糕，没多少窍门，无非舍得花钱用细致上乘的食材，如此而已。西洋料理最是无法藏拙，不像我们中国菜，很多机巧，味精鸡精嫩肉粉之类，连家庭主妇都深谙。还是回来说芝士蛋糕，绵密细软的芝士蛋糕，一小口，唇齿之间便可回味良久，伴一口苦咖啡或者酽普洱，都是销魂的。若是一口下去，略有硬度，就没意思了。

很喜欢从前的一种软食，轻糖松子，现在已经不大看得到了。冷冷的长夜深宵，一边拣轻糖松子吃，一边听两篇评弹，噱头浓郁之处，一个人吃吃笑得颠倒。这个，便是良宵了。

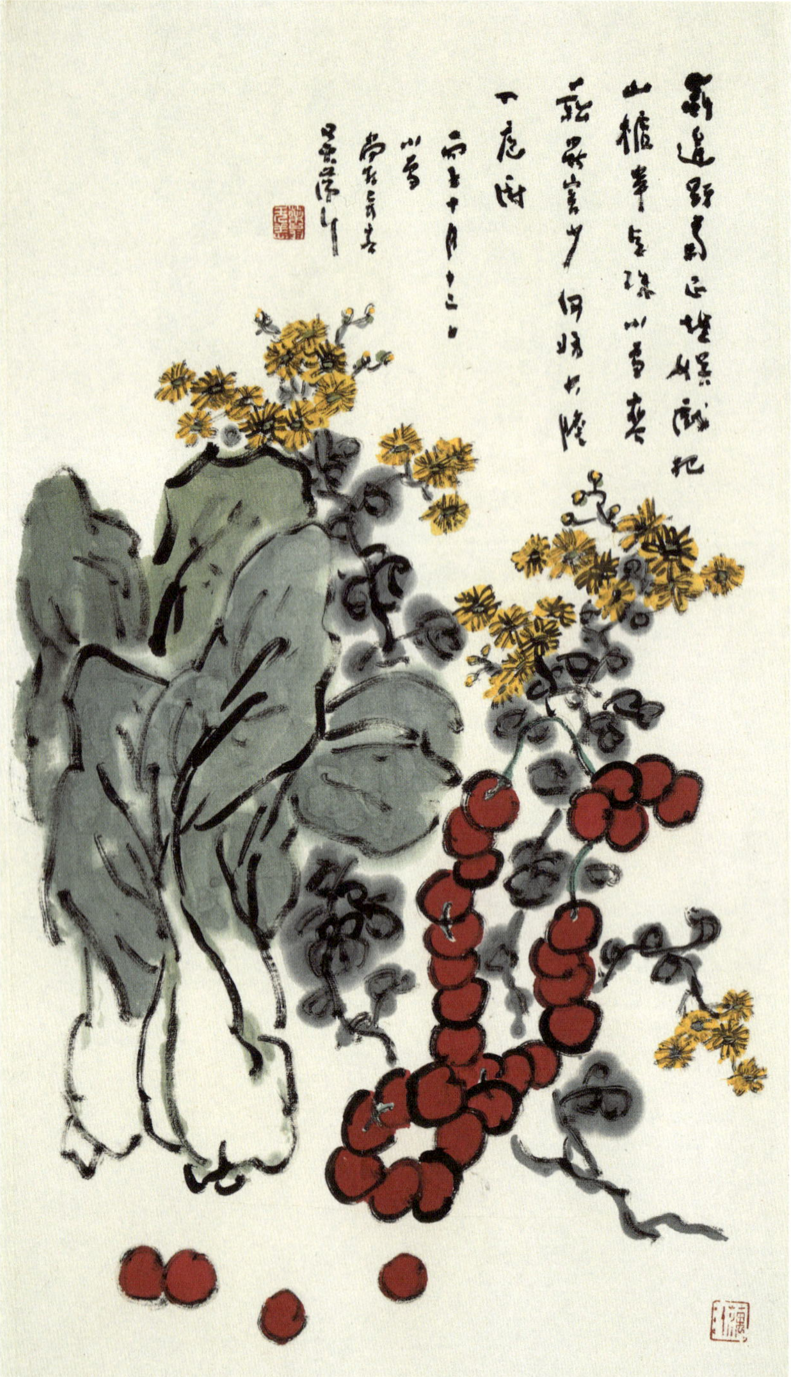

素食两帖

之一，友人约饭。微来微去，斟酌馆子，久久举棋不定，一副体贴心肠。难搞的，这一次，竟然不是我，呵呵，谢谢天，是伊。此君茹素，壮志凌云，吃的还是金刚素。如此神仙人物，春宵一夜，要约志不同道不合的女友吃饭，真真上穷碧落下黄泉。不想难为人家太甚，主动表态，好了啦，今晚勉为其素，陪侬吃素就是了。

于是携手去了外滩某素食馆子。

当前本埠有名有姓的素食馆子，大多贵得岂有此理，倒不是菜式上多么精进，而是家家爱摆出一副武装到牙齿的华丽装修，分头走两个极端，一种金碧辉煌，一种极简参禅。食客临门，煮给你吃，是其次，人家的企图，是一进门，就拿一腔环境，把你震撼到五体投地。

偏我不是那种容易服气的蝎子。那晚的素食馆子，黑白灰的简静风格，连服务生的制服都袅袅婷婷饶有设计感。却一点不喜，嫌弃那种扭捏小气，装神弄鬼，看着极不耐烦。倒是宁愿坐在青砖瓦屋里，捧着竹筷蓝花碗吃干净素饭。顺便说一句，素食馆子请服务生，最好挑剔下容貌，气质太荤浊的，还是不要请教的好。

至于吃，真真贫薄无趣，死贵的素食馆子，大多弄点妖魔鬼怪的菌和菇给你，跟吃人参果似的。饭后甜品，点了巧克力熔岩，里头的巧克力，料是足的，可惜，那个滋味，活像豆沙。

如此不堪的一餐，还好有点精神余韵。友人手心里，拢个小玩意儿，伸臂搁到我面前，一枚不盈一握的象鼻神，小小的铜，神气活现，玲珑极了。这个湿婆的儿子，宝贝小财神，友人从尼泊尔携来。总算是，圆满欢喜一夜。

之二，老男友吃素多年，跟伊吃饭饭，早已习惯彼此各吃各的。这种吃法，除了中国菜，比较难搞，其他国家的菜，没有行不通的罗马道。我俩居然有本事相安无事吃日式烤肉，伊埋头一大盆蔬菜色拉，跟帮忙烧烤的服务生小姐关照，肉肉统统归伊。楚河汉界，一点不打架。

那晚吃的地中海料理，老男友不变应万变，循例一大盆蔬菜色拉。darling尽管吃，海陆空无忌。二十四个月的黑猪火腿，堆砌成娇妍花瓣，深海黑鳕鱼厚厚一切，砌在滋味深厚的茄子泥上，以及冰凛凛的香槟。饭后一杯精致咖啡，算是跟老男友，惟一的共同爱好。值得感慨的，是老男友的功夫。伊那么一盆寡薄蔬菜，寥寥几片菜叶子，从头吃到底，缓缓伴奏我的海陆空全套，人家不疾不徐，我最后搁下刀叉，伊亦差不多刚好吃完。这个真真功夫。若是人家一早吃完了菜叶子，在对面收了手，看着你一五一十地从鱼鱼吃到肉肉，这个事情，就真真僵掉了。

T

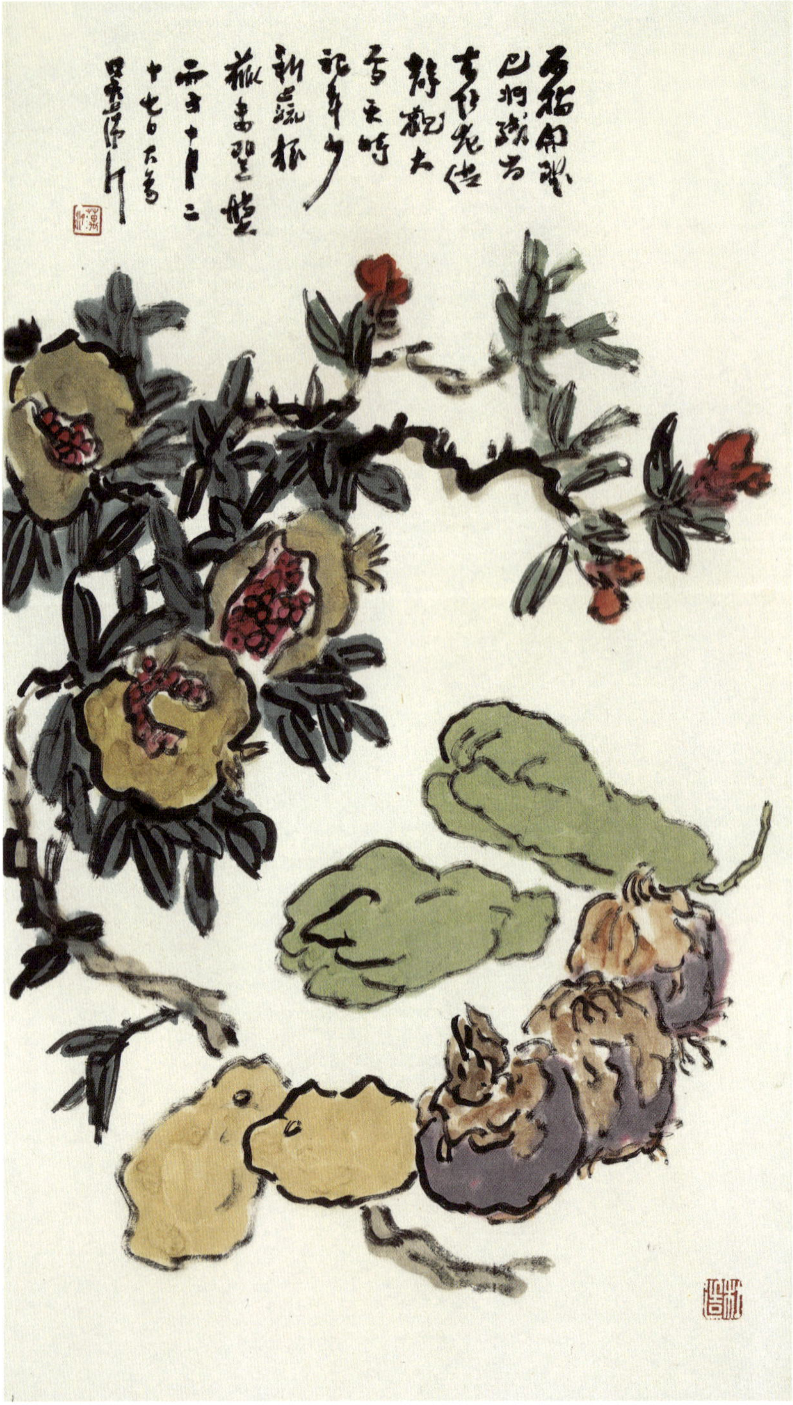

溏心蛋

　　事到如今，大抵一样食物，能让人爱到心软口软魂萦梦牵的，总是必须犯着一条铁则，就是让人爱恨交织。

　　像肥腻甘美的鹅肝，像杀人不眨眼的香烟，像黑甜无度的布朗尼，像烈油沸腾的水煮鱼，像水晶夹沙层层叠叠的红烧肉，等等，罪恶度愈高，幸福度愈澎湃。一很怕死二更怕胖的红尘男女，克勤克俭日日夜夜，仔细看守着自己一寸一寸鲜烈的欲望，却难免会有片刻的失守。那一顿无法无天的纵情饕餮，简直是偷来的抢来的或者骗来的。天下最好骗的那个笨蛋，总是自己。嘴跟心促膝相谈，略略含泪，一分钟的花言巧语，再来一分钟的海誓山盟下次决不，心便偃旗息鼓，任由嘴胡闹去了。

　　而溏心蛋的让人迷恋，亦是犯着了这条爱恨交织的铁则。

　　溏心蛋的可恨可爱，在一个软硬未知的分寸上。吃了半辈子的溏心蛋，darling可曾吃到过两枚相同质感的？想必不曾有过。于潋滟晨光里，半梦半醒间，邂逅一枚完美溏心蛋，唇齿染到金黄的片刻晕眩，真是可堪回味半生的。那种顶级完美，柔软细滑，可遇不可期，更加万恶，是天杀的不可追。日语里，称溏心蛋为半熟卵，真真别具怀抱。

　　溏心蛋的鬼，还鬼在无法尽兴。早餐盘子里，顶多两枚溏心蛋，无论多么小心翼翼慎重再慎重珍惜复珍惜，到底转瞬便滑落了肚中。手起鹘落，速战速决，两枚小小尤物就灭迹了。吃完眼呆呆，享不尽的繁复滋味盘桓心头，却也不可能再吃两个了。真的，从没见过哪个暴徒，早餐溏心蛋一吃半打一打的。无法尽兴的欲望，是多么折磨人，darling这个不用我写，你也了解的。

　　溏心蛋的坏，还坏在无法吃得好看，美食逼人，逼到你丢尽一切教养,全力以赴,彻底服软,那种恶坏欺人,别的食物,当真不曾见过。看过无数优雅男女,一吃溏心蛋,注定滑铁卢。吃相狼狈,左右失守,弄得满盘满嘴的泥泞,大致是无法避免的下场。最疼爱你的男人,此时此刻,一定放下刀叉,备好雪白餐巾,含笑替你拭去唇边残留的金色蛋液。那种默默的温存纵容,最是值得再四珍惜。

我会煮所有的蛋,而且自负煮得不输一流,可是我却不会煮溏心蛋,亦不想学。那样峻刻地候分刻数,守着两枚蛋守着整副心思,于我的性子太相违背。不想这样地严守规矩,不想这样地委屈自己,为蛋也好,为人也罢。

必须补一笔,这里写的溏心蛋,是指那种带壳白水煮然后剥了壳无骨柔软地躺在餐盘里或者带壳竖立在蛋杯里的。油煎的荷包溏心蛋,糖水里载浮载沉的溏心蛋,那些都不算。

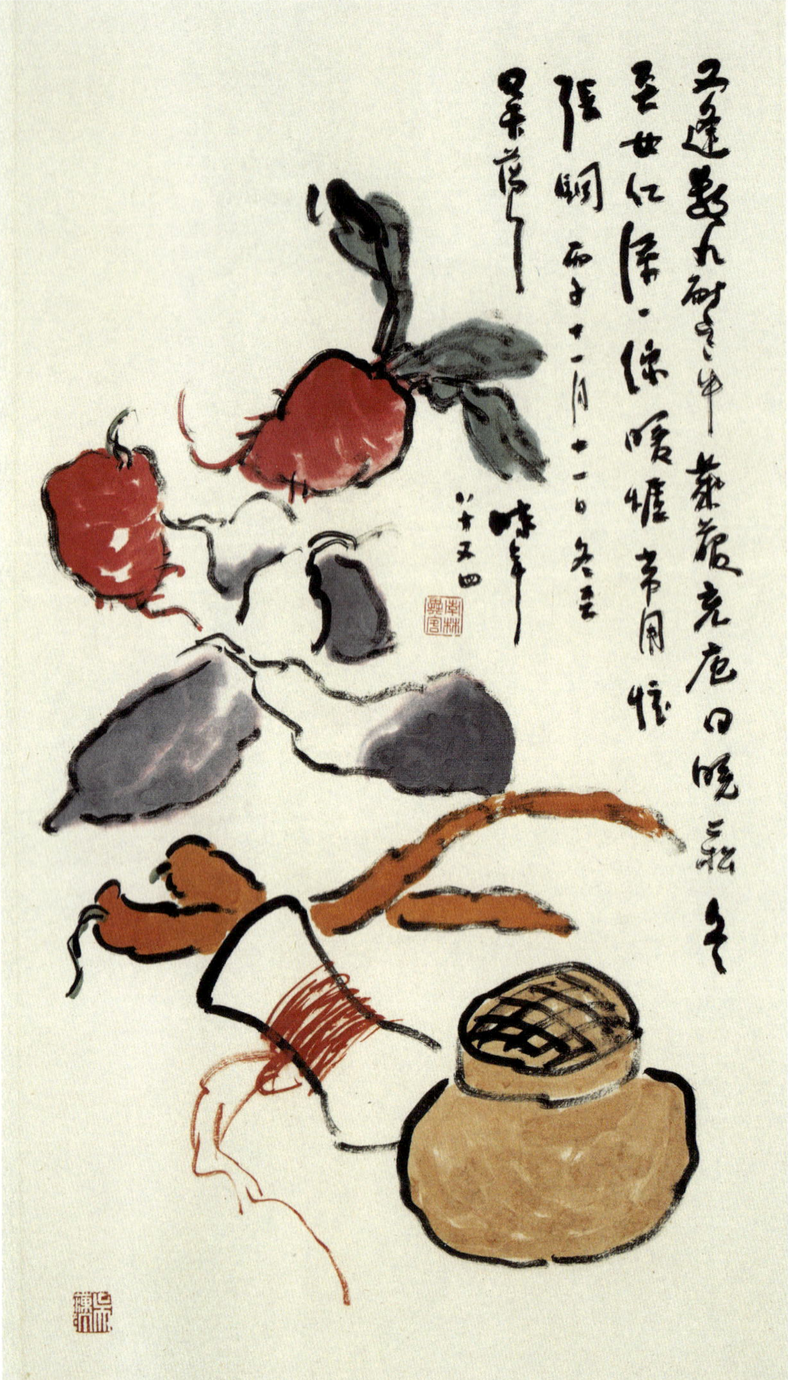

我的鸡汤

不爱喝鸡汤的中国人，小小半辈子里，一个也不曾遇见过。无论我们的物质生活繁荣昌盛到何等地步，鸡汤从来都没有落寞过，亦从来都没有过时过，鸡汤的地位始终是高的、补的、体面的，鸡汤称得起是我们中国汤里的天皇巨星，鱼翅鲍鱼都拿它没办法。

鸡汤的花样，多如繁星，不过大致还是可以分分的。无非两种，一种清鸡汤，一种不清。彼此各有各的姿色，亦各有各的粉丝。贪心食客是两种风格的鸡汤都要吃全，开动脑筋，想出来两步吃法，先吃清鸡汤，以食鸡为主，然后拿那个原汁清汤，去加料再滚，粉丝鸡毛菜之类，煮煮又是热气腾腾一锅，吃起来皆大欢喜，荤素齐备，很尽兴。

我是保守那一派的，只懂得欣赏清鸡汤，非常不耐烦鸡汤里混杂上乱七八糟一大堆东西，喧宾夺主成何体统。从前家里老人病弱，端上去的那碗千锤百炼的鸡汤，如果不是清的，几乎是要被视作儿女不孝的。鸡汤一定要清澈，才有那股馥郁高香，这种香，跟咖啡一样，一旦被搅散搅浑了，东西吃起来就没意思了。所以，我比较钟情正派的鸡汤，歪门邪道的杂锅乱炖冒牌鸡汤，谢谢，我就不喝了。

亦深深热爱鸡汤上浮起的那层黄澄澄的鸡油，一碗清鸡汤，要是看不见这层赛似蜜蜡的美丽鸡油，那还算什么正经鸡汤？怕老怕胖怕癌怕鸡油的健康分子，干脆跟鸡汤说永别算了，省得每一次面对一碗鸡汤，都要天人交战百般苦下决心。

煮鸡汤，一点秘诀都没有，只有一条要则：找好鸡。鸡不好，纵有再精深博大的厨艺，亦无济于事的。

上好母鸡洗净切大件出净水，记得是切大件，切太碎了，很不舒服的。拿大锅耐心炖足九十至一百二十分钟，中途不要开盖不要添水不要断火。我煮鸡汤，连酒和葱都不落，只落姜片，酒和葱都会改变鸡汤的纯净颜色，我嫌龌龊，一概不用。

　　家里常煮的一款鸡汤，有一点点违背清鸡汤的原则，放白果一起炖，白果非常君子，一不混色，二不混味，煮成的白果鸡汤原汤原色原香，而白果添的，是缠绵悱恻的柔糯跟滋补。只是这个白果鸡汤，剥白果的功夫真真费力透顶，用冷冻的白果吗？呵呵，不行的啦，完全不是那么回事情了。

　　于我家里喝过白果鸡汤的客人，大多赞不绝口，而且一般都是一人一碗，要添都没有的，常常有客人意犹未尽朝我乱翻白眼。而我依稀记得，某次邂逅这个白果鸡汤，是隆冬天气去寒冷的山里旅行，夜晚孤清的山村小铺里，直接跑去灶下看看有什么暖身食物，有一锅山药排骨汤，还有一锅白果鸡汤，在柴火灶下娓娓炖了很久。那个寒夜，我们什么也没吃，就喝了那两锅汤，山里的汤，滋味格外悠长浓郁，叫人好生难忘。再后来去任何山里旅行，我都记得带些山里的野生白果回来，闲时在家，慢慢剥，慢慢炖鸡汤，补补自己，补补家人和友人。

晚餐一星期

　　礼拜五，说好了，晚餐要去喝汤。下了连天的阴雨，骨子里一片湿寒沉郁，连带面色都枯萎起来，深切渴望喝碗滚滚浓汤。友人拣了本埠著名汤馆，他家浦西分店，永远满坑满谷，还不接受订位。为了一碗汤，我要横穿一座华城，飞奔而去，简直人间壮举。还好他家还有浦东分店，谢谢天，不争不抢就可以得到一张和平小饭桌。他家的老火汤，一巨煲地送上来，呵呵，还没有喝，已经开怀，三碗汤慢慢喝下去，身体仿佛做了瑜伽，渐渐打开再打开。至于其他东西，真的是可吃可不吃了。

　　礼拜六，夜里要去剧院看歌剧，《塞维利亚的理发师》。友人暧昧地取笑我，darling侬欢喜剃头师傅啊？女人跟剃头师傅，常常有千丝万缕的瓜葛，叙起来都是长篇累牍的艳事。这出歌剧，全班意大利人马，半个月前，已经牵记得坐立不安。

歌剧七点一刻开幕，非常尴尬的时间，来不及安稳吃个晚餐。本埠演出不知何故，都排在这个十分奇怪的时间档，很多国家的演出都是夜晚八点开场，让人安心吃个小饭，缓缓走进戏园子享受艺术。为了剃头师傅，不得不做出牺牲，叫外卖比萨来家里吃。也好，今晚索性彻底意大利了。

礼拜天，赴友人的约去古北吃饭饭。友人订的馆子，一切精致熨帖，灯光昏昏的两人小房间，是谈心的美好空间。友人走遍地球，一篇一篇，都是精彩纷呈的看天下，开我多少眼界。服务小姐甚是周到，屡进屡出，不厌其烦。门开门合之际，从外面大堂，一再飘进来扩音器里的生日歌，歌声委实刺耳难听，叫人倍感着急。上好馆子亦有小小败笔，真真可惜。那晚的红豆沙十足香艳，这样倾心倾力煮成的红豆沙，本埠难得一见。

礼拜一，台湾太太给我送来一大堆海鱼，她白天去铜川路批发市场买来的，件件便宜至极。一边翻看美丽动人的粉红鲑鱼，一边决心今晚要开海鲜大餐。搁一张唱片在唱机里，转身就进了水深火热的厨房。金枪鱼籽寿司，鳗鱼三明治，香草烤秋刀鱼，清蒸大头三文鱼，奶油鲑鱼炒饭，以及裙带菜味噌汤。大餐刚刚摆上餐桌，邻居帮我送晚报过来，探头一看，哇哇大叫，你家干什么啊？今朝刚刚礼拜一啊，吃这么好？包子小人吃得心满意足，夜里在枕上跟我说，妈咪，今晚我们吃了一个海。

礼拜二，今晚反省，吃朴素一点，拿出好米，熬清粥，十个碟子的粥菜，一色齐素，洋洋洒洒，铺满一桌。

礼拜三，晚餐只一道菜，砂锅馄饨鸡。这道菜，家里煮的，胜过馆子千百倍。一边吃，一边听Patti Page的《田纳西华尔兹》，古老的浓情，真真恻恻。

礼拜四，晚餐停食，饮自家做的黑豆豆浆，听徐云志的《莺莺操琴》，滴滴软，滴滴糯，软得像个整旧如新的苏州陷阱。一窗沥沥秋雨，满屋豆香馥郁，呵呵，可以写诗了。

我们为什么对美食喋喋不休？

十分愿意，于春寒之暮，换一身黑苍苍的麻布衫子，千山万水，跋涉了去吃一笼古朴简静的春韭蒸饺。山间陋室的矮墙，湿润得滴得出水，岁月垂老的木窗外，是烟绿浓浓的春溪，一汪一汪，统统是，人间的长日永昼。忙手忙脚做给你吃的人，和心思闲闲陪你去吃的人，一一都是，殊难忘怀的黑白记忆。

常常暗暗期待，于深宵的小宴上，眼睁睁地看着，那一个一个，扎扎实实的小碟子，轻而易举地，击溃人心。让人至少于如此一瞬，忘记了仕途滚烫，放下了城府深邃。稍纵即逝的眉飞色舞里，终于，可以领略到一角柔软人心，于千篇一律的嘴脸和若即若离的面具之后。

亦喜欢邂逅口味卓异的逸人，无限疙瘩，无限固执。人到中年，吃过足够多的饭饭，终于了解了一点，人是先有一条不媚俗的舌，才有一柱不弯软的脊。吃东西口味高华的人，大多品味了得，相貌堂堂，气概上，总之不可一世。人身独立，人格才会独立。所谓清高，原是从口腹开始慢慢叙述的长篇故事。

饮食，是禅，亦是玄。一粒点错的盐，或者，半盏不知名的蜜酒，可以耗尽你一生的妄想。常常是，吃过一口，便终生不再容你亲近的诡异绝情，不可追的沉痛，寻欢未遂的落寞，果然剑剑都杀人。

而饮食，日日活泼具体地在，那种举重若轻，又实在不是东西。玩玩而已，一笑而过，谁拿你当过对手？一想至此，除了无语，亦就只有一口一口缓缓地吃了。

饮食于我，仿佛是人世一切。喋喋不休，孜孜不倦，恐怕亦是难改的人生态度。

写饮食的文字，常常爱拿包子幼年的涂鸦来配图。拣了孩子的小画儿来，是我深心佩服，小人下笔的稚拙果断，浑然天成，以及异想天开，以及元气淋漓。而这些，无一不是，上好饮食的必要元素。谢谢天，人间的大小道理，原是一通百通的清洁简白。

X

112　饮食笔记

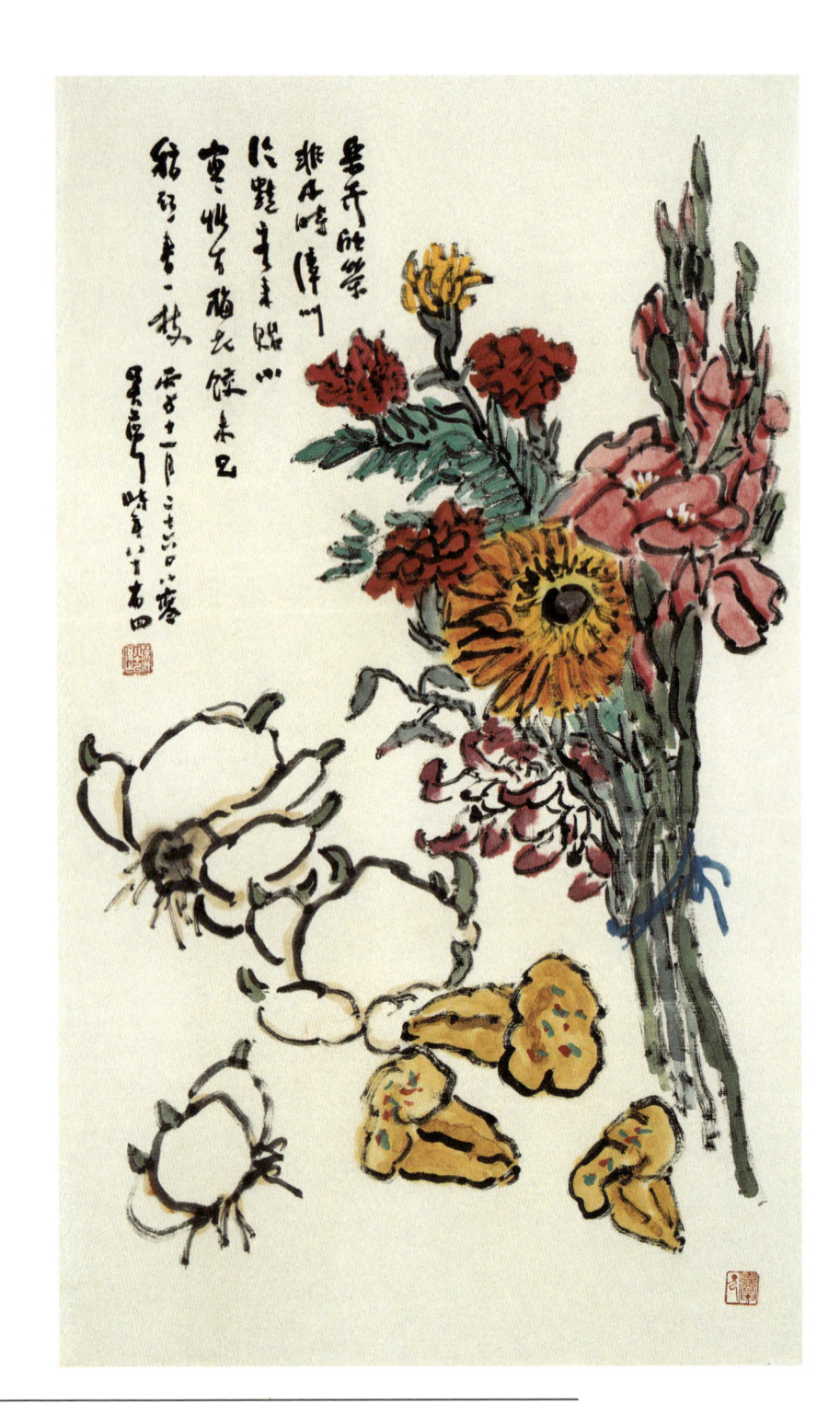

西班牙小馆

友人约饭饭，问，darling，老洋楼里的西班牙小馆可不可以？自然是可以二字并谢谢二字一共仁义道德四字。

黄昏春风荡漾，略略迟到片刻，踏进小馆，友人已端坐如仪，皱眉捧着菜单，身旁肃立一位细细美美服务生，男的。

宽衣坐下来，一句寒暄没有，友人不胜惆怅地，他们换了菜单了，刚知道。听完心中小小莞尔，呵呵，饭馆子换了菜单，犹如情人换了心肝，事先不会通知你，事后明白了，自然是百般失落千般伤怀。身旁服务生伶俐插嘴，我们换了新厨师，西班牙请来的。

于是便全力以赴研究陌生菜单。全英文的，字写得极细小，烛光极微茫。想吃点西班牙别致海鲜，小乌贼塞满一腔内容，乌赤赤地，炖得墨黑，再富富饶饶，浇上半杯的厚奶油，那个晚上，挖空心思地，就想念那一碟子黑黑白白。这样的家常菜，绝对算不得偏门，偏偏人家就是没有。格么，还有没有其他海鲜做得新鲜生嫩些的？服务生答，没有，都是油炸的。油炸鱿鱼，油炸蘑菇蓉，油炸这个油炸那个，油炸得一粒心都掉进了沸腾油锅。跟友人面面相觑再接再厉继续研究主菜。龙虾饭饭独领风骚，本埠有名有姓的西班牙饭馆子，间间爱做龙虾饭饭，又矜贵又不难吃而且实在太容易煮了估计各位大厨闭着眼睛都整顿出来了。再看其他，竟然统统是牛排，俨然德克萨斯风情翩翩。看完嗒然若失，呆坐小震撼中。

身旁服务生看我们二人低头良久默默无语，人家细声细气讲出惊人的话来了。阿拉新来的厨师，估计是西班牙山沟沟里寻来的，脾气耿得腰细，菜单打死不写中文的，龙虾饭饭跟伊讲上海客人觉得太咸了，伊也不听的。阿拉也没办法。我倒是蓦然来了兴致，脾气耿得腰细的西班牙山沟沟厨师？有劲的啊，白求恩当年也是耿得腰细的一枚加拿大人对不对？人家可是一生伟业斑斓的说。

总之，那晚还是跟友人言笑晏晏，开开心心扫荡了大盘子的美味火腿，循规蹈矩吃了龙虾饭饭。友人体贴，开了香槟，亲手拆了龙虾肉肉，讲了一晚温暖闲话，还请万能的服务生，给我觅了一枝孤美的烟卷来，亦不知服务生究竟从哪个男客人的烟袋里打捞来的，谢谢天。

饭后友人讲，darling试试人家的甜品。我却戛然而止只要了一杯咖啡。耿得腰细的山沟沟厨师，会奉上怎样的甜品？想想我还是却步了。

春风沉醉的夜晚，洋楼里的西班牙小馆，烛火摇曳，故事斑斓。深夜离开时，看见厨师闲下来，坐在花园子一角吸烟。深深看了几眼，人家身影孤独，相貌真的够耿。

小宴

秋日晴阳里，接南方女友微信通知，darling，下礼拜抵埠，eat you，sleep you。

微回去，吃几顿，困几夜？

微回来，一膳，一宿。要吃蟹，两对起吃。

再微过去，格么darling还有什么想念？人，物，食，一并列齐。

南方女友隔了二十分钟，深思熟虑妥了，微回来，darling，人一个不想；物到你家看两圈，看中拎走；食，弄点荠菜我吃，荠菜豆腐羹之流。

低头想想，煮碗一清二白的羹迎客，似乎不大作兴，格么荠菜馄饨哪能？

女友丢下铿锵两字，好极。然后关机开会去了。

那日黄昏，燃上熊熊灯火，引颈等候女友。还以为人家风尘仆仆卷一身疲惫进门，结果却是一袭窄窄的窈窕黑裙，短发

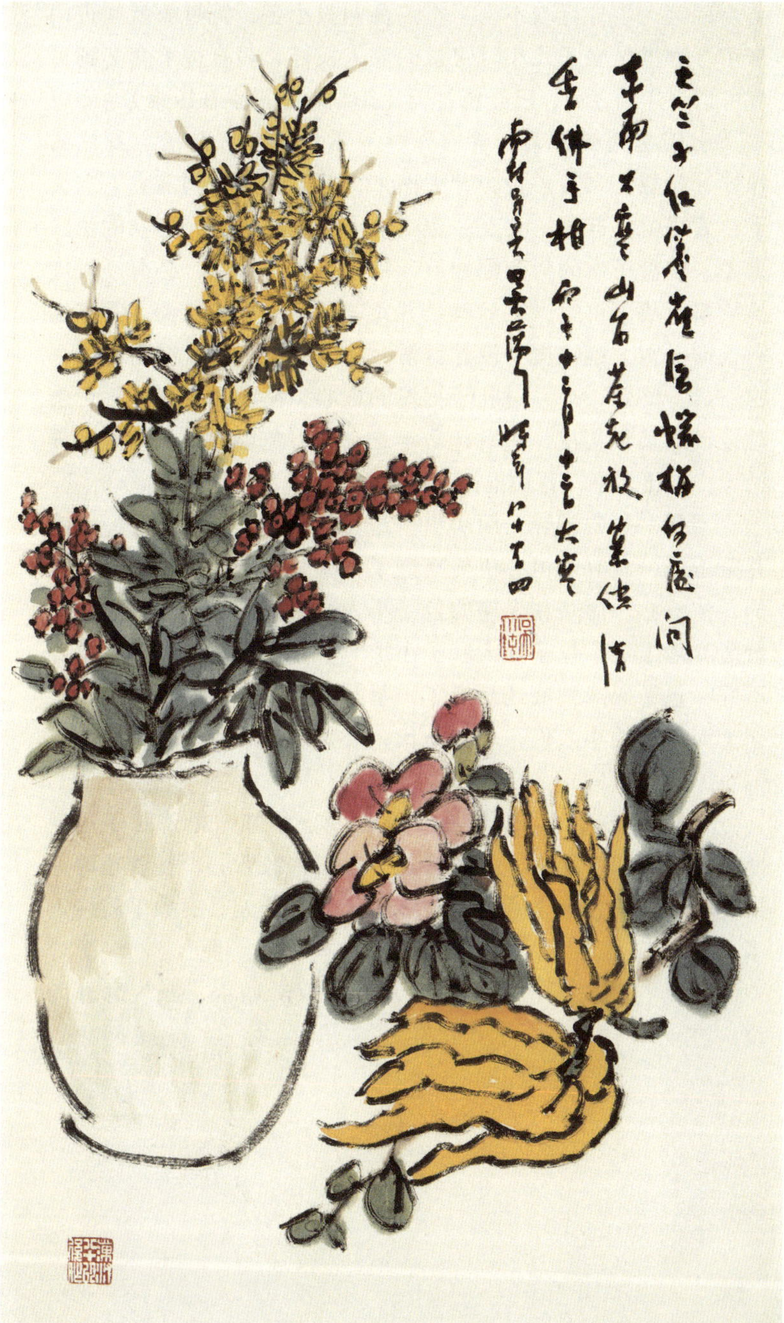

英秀翩翩，半件行李不携，空荡荡两只小手，笑嘻嘻就闪进门来了。哪里是坐了几小时飞机的旅人模样，简直神采奕奕到可气可恨。片刻之后，已经精神无比饱满地正襟坐在饭桌旁了。

闲闲吃两筷凉菜，茭白丝拌豆腐丝，顶好是落点虾油露拌拌，想想人家重点投奔荠菜而来，前菜还是低调清爽一点罢了，省得喧宾夺主。女友一边吃，一边顺口赞美一声我的法国盘子，有盘子癖的男女都知道，每一个盘子后面，必有一段旖旎故事。故事讲完，之后就是荠菜馄饨了。鸡汤极清，荠菜细嫩香彻云霄，馄饨皮子没骨鲜滑。女友吃得极慢，细嚼慢咽，吃一口，笑赞一个，一肚子得逞的称心。漠漠想起来，跟伊秉烛夜谈的某年某夜，伊讲起幼年吃过的刀鱼馄饨，如何地艳美销魂。相比之下，荠菜馄饨真真粗食了。

看伊一边吃馄饨，厨房里一边蒸了螃蟹下去。海海一大碗荠菜馄饨，我有点担心伊要吃饱了，哪知人家妖娆浅笑，不会的，侬放心。而陪在末座的包子小人，果然直接就吃饱了。螃蟹轰隆隆上桌，包子眼大肚子小地看了看，告饶道，不吃了好不好？包子妈咪到底还是拆了一蟹斗的膏黄递到小人嘴边。想想上海人家的小人们，一代一代，都是这样给爹娘喂大的不是吗？

那晚女友食尽两对螃蟹，饮过两盏紫苏，捧着肚子巡视寒舍。于屋角木凳上，慧眼瞧上一件织锦缎背心，蟹青色的花袄，宽落落的，穿上妖滴滴软绵绵，人家若无其事顺手就拎走了。

虽是初秋的夜，到了深处，一样凉滑如水，寒气瑟瑟的说。

Y

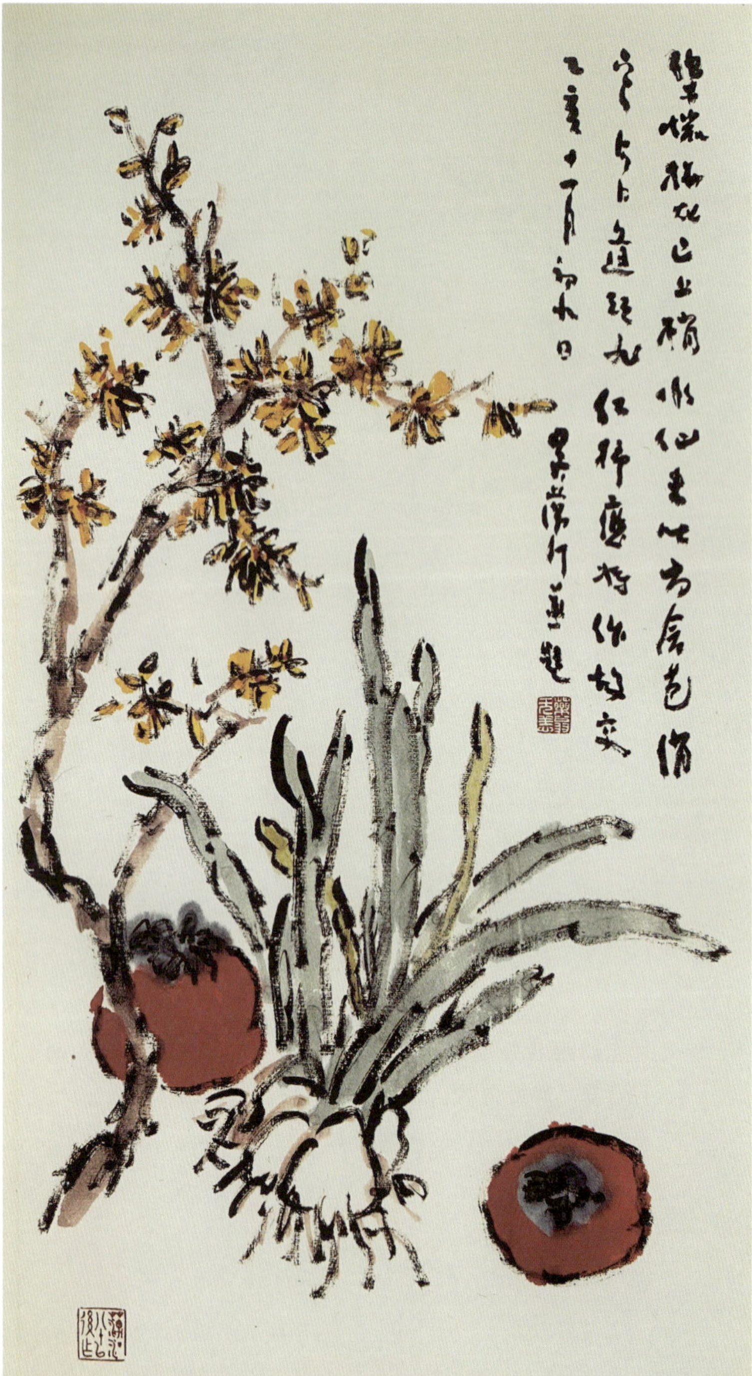

一个人吃饭

之一,一早去妈妈糖,跟里茶讲些闲话,讲了一会儿,清美亦姗姗而至。伊是老板娘,挽了根麻花辫子,姿容十分清奇。清美请厨房做了鲜榨果汁来,三人埋头饮了大大杯。好像说了半天闲话,亦真有点唇焦舌敝的样子。

跟清美是初见,倒真是如故,坐下来就说自己叫清美,我心思歪歪,一下就想到豆制品牌子上去了。这枚台湾女子小小不幸,无端跟上海名牌撞了名。

因为一见如故,滔滔一口气,就讲了半辈子的闲话,临到中午,清美要请吃饭饭,立刻婉言谢绝,我亦没有什么花巧理由,直心直肺跟清美讲,我喜欢一个人吃饭,一天三餐里,至少要有一餐,是自己一个人吃的。今天早餐晚餐都跟包子吃,午餐我想一个人吃。清美那么秀静的女子,闻言一把抓住我,七情上面地讲,天啊,我们俩怎么一个样,我也是一天一定要有一餐是自己一个人吃的,谁也别来烦我。

原来天下亦有跟我一样脾气的女子,吾道还好不孤。

一个人吃饭,慢腾腾吃点清粥小菜,听张贝多芬《皇帝协奏曲》,粥菜清淡素白,皇帝华丽奔腾,我想,这个世界上,没有人,能够跟我分享这种巨幅的撕裂。知己知音这种东西,我一把年纪了,懒得再找。

之二,再来一个怪脾气,饮茶,只要旁边有第二个人在,无论饮过多少曼妙高茶,于我,都不算数,等人一走,再深的深夜,亦不辞辛苦,必定洗杯换盏,重新饮过。

一个人饮茶,才算饮过。

而一个人饮茶,必定择最好的茶,选最好的水。比如三伏天气,钟意饮京里的茉莉花茶,吴裕泰张一元,这些老字号一概不合心意,家家犯到一个浊字,惟有庆林春的小叶茉莉,极

119

嫩，极清，极远，像足宋人小品。这家的茶叶，每次都是京里闺蜜亲手提来。

水亦是没有二选，一定是天地秀源。这款出自日本岐阜长良川的天然软水，煮陈年普洱口感圆甜，煮到八十来度泡小叶茉莉，亦真是清中有远，饱满不薄，饮来极是舒展。顺便说句，每次煮秀源水，都默默想起五木宏的名曲《长良川艳歌》，后来邓丽君小姐亦翻唱过。好茶，好水，心里口里好多层次，方算饮过茶了。

之三，于是便十分不易理解，我国饭店里，包房这种东西。我国，大概是全世界包房最多的国家，没有包房，简直吃不成饭饭。而西方习惯，却鲜少有包房一说。再私密的餐叙，亦就是大堂里，促着膝盖，交头接耳着，当众吃喝了，极少有关起门来么一吃的事情，又不是夜总会。更奇异的是，我国食客们，通常还不是两个人关起门来吃，而是一堆人关起门来吃，这个事情我一直觉得匪夷所思。

说来说去，我还是喜欢，一个人吃饭。六个人以上的饭饭，一年定量，吃两次最多了。

腌渍岁月

对腌渍有兴趣，一年到头，总想找个阴暗角落，腌点什么吃的喝的。四季里面，心情一糟糕起来，于屋里坐着都不稳，心慌慌地就去翻坛子，把腌的东西，弄点出来，仔仔细细吃一吃，一般心情就好起来了。以前总是想不明白，为什么吃点腌物，会把一团乱麻的心情整顿好。人到熟年，总算想通了。原来，腌物这种东西，有着悠长岁月的斑斑痕迹，滋味深邃，火气灭尽，就着浓热普洱茶，一碟子慢慢吃完，百般忙乱的心思，那是不平也难了。

特地跑去女友家里，看她家的东北女佣，大手笔地腌酸菜，腌好了的酸菜，美貌无比，是玉色的。炒一大盘子粉条来吃，真真秀美清丽。这种村姑作品，令人倾倒再三。

也喜欢看京都老妇人腌梅子，那份讲究，震撼人心。日本人的梅子是腌成咸味的，脆脆的青梅子下去腌，腌成了，是不可言说的朱红绛红脏粉红，靠一把千锤百炼的盐，加一大捧的紫苏，以及一双曼妙的女人手。若干光阴沉沉播撒下去，腌到头了，尚要一颗一颗从坛子里取出来，摆到太阳底下曝晒。梅子上市的时节，刚好是梅雨锁城。女人濡着一身的细汗，在细箴上铺起粉白的纱布，旧日饱满的青梅，岁月苍苍皱成了一团糟，那个城府，果然是深的。曝晒三日，完了以后，还要放到月亮底下清晒，月光的阴寒冰凉，一点一滴晒进梅子里。无数的耐心，无数的枯等，把野心一一收藏起来，安详地等，最后等到的，是一坛子风华绝代的梅子。这么禅的事情，轻描淡写地，亦就年复一年，做了下来。四季晨昏，白粥跟前那粒脏粉红的梅子，真真大智若愚，淹然风流。

人在上海，梅雨一到，总是手痒心痒嘴巴痒，要浸一点杨梅酒来饮。一边饮着杯里的，一边想着下一杯，或者是玫瑰烧，或者是桂花陈。以前年轻气盛，等不及地渴饮，酒刚刚浸下去，就拿去微波炉里飞转，紧转慢转一组花样组合转之后，那个酒立刻就打开来饮。这种速成事情，如今是不再做的了，家里不置微波炉也至少有三十年了。

冬日岁暮，腌家乡肉，腌酱油肉，腌猪蹄子，腌鳗鲞，都是我热爱的事情。在这种鱼肉游戏里，跟岁月送往迎来缠绵一下子，还是卓有深情的。

还喜欢看韩国女人腌泡菜，那种红彤彤的壮丽，下手之狠之猛之暴烈，都是很说明问题的。每次去韩国人家里做客，瞻仰她们堆满一个储藏室的坛坛罐罐，我都馋得举步维艰。

至于绍兴人宁波人花样纷呈的霉渍菜，那更是妖艳媚人，纸短霉多，一言难尽。

还有日本人的浅渍，糠渍，都是很让我心跳的腌物。

怎么办呢？世上有意思的食物，实在是太多太多了。

油炸与烟熏

油炸是一种粗放浑厚的料理手段,烈火烹油,猛准狠稳。清贫年代里,一家子堂堂开油锅,通常吸引得满条弄堂的邻居引颈深呼吸。滚油沸腾,片刻即得,鱼肉丸子,捞起来便吃,那么一口酥脆浓香,满嘴流油,极大满足贫弱口腹,迅速提升人生幸福指数,基本上人见人爱。

而其中爱得顶顶水深火热,是洋人和小人。样样食材烈油里打个滚,蘸上红红黄黄各色中外酱料,便是不容置疑的人间美味。油炸的关键词,一烫,一脆,洋人和小人,只要讲到那个脆字,那可真是顷刻之间心都粉粉碎尽,一个个不由自主,从心底里开出笑颜来。谢谢天,上帝造人的时候,暗藏了如此机密的一款味觉在茫茫人体里,这一笔,给荒凉人生平添了多少家常乐趣。

跟洋人同桌吃过烤鸭的我国同胞,一定听过洋人由衷的赞美,啊,darling,很脆很脆。赞词虽然贫乏单调,可真是肺腑真言。那一小碟子一口酥的烤鸭皮,通常一举就击溃了洋人们的从唇齿至心灵的全副防线。至于烤鸭其他方面的细腻美味,诸如春饼如何之薄腻,蘸酱如何之香美,葱白如何之肥嫩,大多等而次之,不太能够跟他们分享其中的奥妙。

油炸英文称作deep fry,那真是神来之笔,深沉浓重,热油滂沱,在料理世界里,已是相当轰隆隆的一派局面。而日本人偏偏出鬼,他们弄出来的油炸食物,仿佛不曾下过油,亦仿佛不曾沸滚过,那种天妇罗,如清蒸般的飘逸,如凉拌似的清俊,沾一点海盐,或者沾一点萝卜细泥,禅兮兮地吃下去,比吃素还出尘,好像跟油炸完全没有瓜葛。日本人各行各业,此起彼伏,最是层出此种诡异手段。而这种飘渺的炸物,亦果然令人百吃不厌,那份深深的吃不透,大概是一种十分要命的绝杀。

除了天妇罗,油炸料理通常都比较草根,很难做到雅俗共赏,炸猪排,炸桂花肉,炸松鼠鳜鱼,炸此炸彼,大多适宜在小饭馆里辗转腾挪,正经台面不太能够跻身。这也不要什么

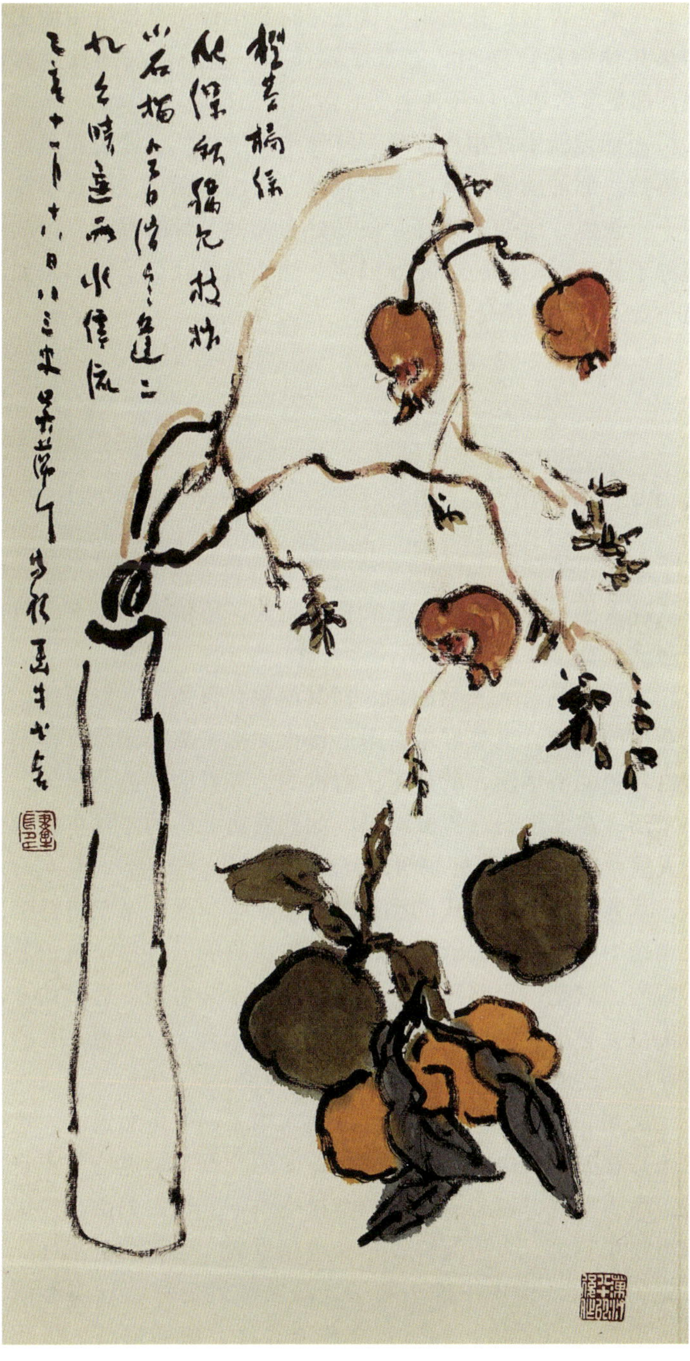

紧，我倒是喜欢，在黑雨的秋夜，隐在小饭馆里，听后面厨房的滚热油锅紧拉慢唱，心狠手辣炸出一盘子漆黑的臭豆腐，嗯，那是多么适合枯怀独坐伤心落泪的一餐晚饭。

而烟熏就刚好相反，靠死样怪气一缕青烟，慢腾腾熏熟鱼肉鸡鸭，那种幽咽迷离，难描难画，跟油炸相携，简直就是人间一对怨偶。而烟熏的好，便是好在那种入骨的香幽，跟油炸那种十分表面的酥脆，宛如云泥。油炸如胖壮汉子，烟熏如婉媚小女子，一一都是人世的好。

一礼拜的碎吃

之一，被问，darling想吃什么？饱食终日的盛世年华，回答这种人生小问题，其实是颇费思量的，不信，你每天问自己一遍试试看。

想吃米汤。大米熬的汤，何其简单，薄薄的，凝露的，人人会熬的米汤。上等好米，耐心慢火，把米熬成渣滓，得来一盏竹青色的精华汤，就是了。有机的，无机的，苏北米汤，崇明米汤，东北米汤，流派纷呈。如此看重养生的年代里，偏偏无人垂青这么怡人的好东西，有点匪夷所思。

米浆是有的，台式的小餐馆甚至咖啡馆里，常常有得喝。散步途中，推门进去歇个脚，喝杯热腾腾的五谷糙米浆，原是不错的。只是，米浆浑腻，一喝即饱，十分可恨，远不如米汤清俊空灵举重若轻。混沌米浆喝完，惆怅呆呆，严重不甘心。没办法，还是回家，自己洗手淘米，开熬。

之二，心血来潮，去相熟的山东馆子，吃山东饭饭。这间馆子开在五星酒店内，相貌堂皇，做的，倒是地道山东家常饭饭，隔个半月，便心动脚动，奔去吃一下。这家的山东饭饭，偏重胶东色彩，多用海鲜。一碟镜箱豆腐，做得真是不坏。自家磨的豆腐，做成一排小箱子，箱箱酿满海鲜，豆腐之清之滑，海鲜之浓之糯，再淋一个薄薄酱汁，馥郁饱满，极是可吃。这个功夫菜，上桌卖相亦是美好，细细长长的盘子，迤逦而出。想吃这个菜，一定不要高峰时段去，如此费神的菜，厨师一忙，必然走样，那就没意思了。再一个煎饼小虾，亦是此间的拿手菜。微山湖日日新鲜送到的小虾，滚油炸得酥脆，功夫是在一点不油腻，拿山东杂粮煎饼一卷，真真一品鲜香。那日饭伴，是个中年洋人，此君做得一手五星甜品，巍巍西点大厨，半生迷倒无数吃客。面对煎饼小虾，竟神魂颠倒，自叹弗如。连声哦哦之余，总之是，darling，我可以再来一卷这个报纸吗？杂粮煎饼，洋人觉得跟《华尔街日报》神似。最后再来一盘现做的鲅鱼饺子，完满了。

之三，寒冷的傍晚，跋涉半城，去吃贵兮兮的意大利饭饭。英挺小洋楼，袅袅而上。坐下来，空调噪声极大，沙发离桌子太远，白色餐巾萎黄疲软，我的茂盛胃口，在最初的三分钟内，荡然掉一半以上。西式餐馆，座椅务必合理舒适，餐巾务必雪白生脆，缺了这两样，便完蛋。果然，一夜吃完，竟只得半饱，最骇人，是巧克力熔岩，一叉子下去，竟滚出一团未曾熔化的冷冷巧克力来。冷库货拿出来，拜托也烤个足火吧。结果那日回家，补吃了一碗赤豆汤，一只北万新菜馒头，才合眼睡稳。

鱼与酒的讲究

三月的春意，若有似无，唏嘘着，薄薄吊在空气里。礼拜六，安福路的咖啡馆好像黎明就开始煮咖啡了，七点敲过推门进去，居然人声鼎沸，春光荡漾，拥堵得需要于人丛中披荆斩棘，比街头的豆浆油条铺子，还热气腾腾。我城一向有诸多细节角落，不声不响静静热闹着，出乎俗人们的意表，关于这一点，我始终是深切喜欢的。四顾三匝，打捞空座，好不容易将自己安置妥当喘一口春气，贴肉坐着的邻座，不说中文也不说英文，说西班牙文夹一点点法文。我是最爱听咖啡馆里邻座的闲话，今天看起来是休想听懂了。

座上八成男女，着运动装，女子无论老幼，人人一条珠圆玉润的瑜伽裤，从前，女子最好的伴侣是钻石，自从有了瑜伽裤，女子最好的伴侣改成了瑜伽裤。男人亦颇整齐，大多手势粗犷地提携着一至两个婴儿，大人小人，个个目光炯炯精气十足，一副闻鸡起舞的雄赳赳。

老友于微信里道歉，说要迟到一歇歇，便掏出《儒林外史》随便翻翻，中国的老书，有一点至好，随便从哪里翻起，无不喷香可口。三十一回，韦四太爷到杜少卿府上吃酒，杜少爷竭力劝酒，说是要尽醉才好。韦四太爷这个酒客倒是不客气，跟主人家讲，你这看馔是精极的了，只是这酒是市买来的，身份有限。府上有一坛酒，今年该有八九年了，想是收着还在？杜少爷赶紧叫老仆来问，说是有一坛酒，埋在第七进房子后一间小屋里，这酒是二斗糯米做出来的二十斤酿，又兑了二十斤烧酒，一点水也不掺，埋在地下足足有九年七个月了。这酒醉得死人的，弄出来少爷不要吃。第二日吃过早饭，弄了酒出来，打开来，透鼻香。韦四太爷吩咐去市上买了十斤新酒，兑在一起，叫烧许多红炭，堆在桂花树边，过一顿饭时，渐渐热了，又备得一席新鲜菜，杜少爷吩咐取出一个金杯子，四个玉杯，坛子里舀出酒来吃。韦四太爷，吃一杯，赞一杯，说道好酒，吃了半日。这种人间富贵，岁月雍容，我辈蓬头垢面，是比不得的了。

等我看完这一篇，老友刚好扑进来，一身风尘仆仆的棒球帽运动装，人家城中菁英，平日里道貌岸然西装翩翩，今日一大清早穿得这样清新喜悦，害我爆笑了两句。坐下来没有十年陈的家酿好酒吃，只好随便吃两杯通俗易懂的拿铁，暖身话题自然是热辣滚烫的区块链，亿万富翁翻翻白眼，侬懂伐？我还没搞懂。听完老友心声，我比较放心，还好，搞不懂的，不是我一个人。当然，人不进步，天诛地灭，迟早是要搞明白的。说说各自闲话，亿万富翁近日心血来潮开了个日本馆子，从日本搬了女将与主厨来，人均4000人民币一位，每晚只接5位客人。老友啧啧，35个座位的馆子，日本人坚持，一晚上只做5个人的生意，要做到一定阶段，再扩大到8个人。35个人要坐满，是不是要花好几年？换了中国人开馆子，恐怕分店已经布局三四家了。

说完，递过来一个纸袋子，给你的，河豚鱼干，好东西，烧红烧肉。即刻打开来看看，老友拦着，别打开，回去再看，味道极大，吓死旁边西班牙人。刚取来的时候，一车一屋都是这个鱼的气味，现在算是淡了好多了。此语让我想起幼年吃的大闸蟹，蟹味浓重，小孩子吃完蟹，要拿牙膏洗手指，才洗得去那股子蟹腥气。如今的蟹，滋味薄寡，哪里还有如此的天香？老友拎来的，自然亦是可遇不可求的深邃野物。

河豚鱼干煮红烧肉，中国人真是深谙饮食的一种人，好东西彼此的渗透纠缠，升华出别一种风致嫣然来，柔腻，腴美，复杂，灵润，吃这种食物，让人如同踏风而立，灵魂飘举。金岳霖那个哲学男讲的，我喜欢夹杂在别的东西里的甜，诸如此类。写到此地，忽然百转愁肠，极想吃一枚玲珑的一口酥。

咖啡吃完，与老友晃了一会儿在春光里，至东湖路分道扬镳。拎着三条河豚鱼干，darling，谁款款，与从容？

遇人

有时候，辛辛苦苦跋涉了八千里路，遇见的，依然只是寂寞的云和空洞的月。有时候，一个转身，偏偏就撞见了上辈子的冤家。遇人，这个事情，真是难描难画难说得很。

这个阴霾密布的腊月，我最想遇见的，darling，是一枚老男人，最好呢，是一枚像洒金笺一样的老男人。

以上是我的白日妄想，阴霾密布的腊月，我靠妄想度日。

自我暖场完毕，下面写遇人。

之一，与哪吒吃茶，哪吒告诉我，前一晚，去他女儿的幼儿园参加年会，石老师哦，现在的幼儿园也有年会的哦。并且要求全体家长穿中式服装。哪吒穿着独一无二的运动服就晃进

128　饮食笔记

去了，声情并茂地到处跟人家讲，我没有衣裳。也不怕女儿遭遇歧视。

那个名牌幼儿园，大约是场地狭窄了一点，热烘烘涌进那么多家长，气温忽然爆了表，热得水深火热起来。然后，幼儿园的那些男老师们，穿着中式长衫的男老师们，据说，都是起码硕士毕业的，耐不住燥热，纷纷解开颈子里的纽扣。哪吒见状大骇，跟他女儿讲，腰细垮了，你们老师怎么像孔乙己？哪吒担心自己读书不够多，肯定不如硕士男们多，关于中式长衫的纽扣问题，是不是自己审美有偏差，认真跟我求证，石老师，纽扣要不要扣起来？

放下茶杯，悲切地跟哪吒讲，不扣么，变打手了。

darling，三代做官，吃饭穿衣。

可怜哪吒，去个喜洋洋的幼儿园年会，劈头盖脑，遭遇一群打手。

之二，璞丽清白淡静的茶座，软融融的，与初识的友人吃茶。

一坐下，友人问，你作家啊？写不写长篇小说啊？

答，不写。

啧啧啧啧，那太可惜了。我家故事，够你写几部长篇啊，现成的猛料，无限供应你。

无言以对，低眉吃茶。

讲个小例子给你听听。

某年，也是腊月里，我家刚刚装修好一个宅子，举家搬进去，准备住暖了过年。结果，住了半个月，跑来一个浙商，半熟陌生的朋友，冲进来上上下下看了一圈我的宅子，就爱得疯掉了。跟我说，卖给我吧卖给我吧，我明年要讨第三房太太，这个宅子再合适不过了。声泪俱下说得我们一家人僵住了。浙商看我们不肯卖，直接跑去院子里，从他车上抱下来两个纸箱子，堆在我们玄关里，说，收下吧收下吧，这两个纸箱里，全部是包好的红包，用来春节之前发给员工的，先留在你这里了，当订金好不好？看我太太依然一张冷脸，浙商立刻讲，我院子里这车，新的，只开了一千公里，也留下，算赠礼，表表我的诚心,你看怎么样?

友人还没有讲完,我已经跟伊表决心,写长篇。

回家路上,我觉得我很有信心,把这个故事编成新版《秋海棠》,浙商甲是新军阀。不过,强占民女有点不好处理,现在的姑娘,好像都挺自愿的怎么办呢?

之三,跟国际友人一起,立在潮州迎宾馆门口,抓出租车,很困难很困难,举着一支臂膀,举酸了,终于奔过来一辆摩托车和一部黑车。摩托车先到十秒,我跟司机摇头,不坐摩托对不起。司机发了急,指天赌地,跟我发誓,他是老司机,天下一等一安全。我跟伊再摇头,darling不行。司机开始朝我演讲,他安全行车的里程,已经足够绕地球若干个圈圈,服务不好坐得不舒服,绝对不要钱。听起来完全是梅赛德斯的意思。我看看身旁的国际友人,坐不坐?国际友人面露难色。司机继续猛烈推销自己,我是老潮州啊,保证带你们吃好的看好的玩好的,你要信我啊。这一句,打动了国际友人,颤颤巍巍坐上去,风驰电掣,一路灰尘,人生初体验。

老潮州摩托司机果然好样的,不过呢,这个事情里,最让我刮目,是一直在旁边的那辆黑车。那车那司机,自始至终,静静旁观,一句不插嘴,一句不抢生意,等我们确定上车了,才默默开走。

到底是有根底的老城,真真体面的。

一个烫字的疙瘩

之一,礼拜天约了友人上茶楼,细细斟茶,闲闲谈心。拣的城中响当当的名馆子,电话订座一五一十预付了订金。我的理解,是人家极有诚意,要把事情管理好,预付订金是好事,没什么不对啊。薄薄秋阳里,与友人挽臂缓缓晃过去。极为黯淡的室内,空落落的,几乎没有客人,走入去心里一沉,坐下来不足一分钟,我们两个人开始疙瘩,无穷无尽地疙瘩。

先是风极冷极呼啸，而且四面着风，仿佛坐在空旷的洞穴里吃东西，兵荒马乱得仿佛最后的晚餐。不免请服务生调整一下好不好。片刻之后来告知，不能调整，这个是出风口，然后递上两份羊毛披肩，以示星级服务。友人一身礼拜天的华丽衣衫，抿抿嘴，拒绝披肩。我这个怕死鬼，抓过披肩，把自己裹成粽子。

茶楼茶楼，泡了茶来，好看不好用的玻璃壶，看一眼这种壶，已经略略胃气痛。茶叶一泡开，立刻封死了壶口，然后从第一盏茶开始，便哭哭啼啼，每斟茶，必滑铁卢。怎么办呢？这个就算把总经理请出来，亦无济于事，跟友人彼此翻翻白眼，忍了。

饮个人家的招牌老火汤，花生眉豆煲鸡脚，粤式家常汤，细瓷汤盅端上来，倒是浓醇雪白绝无味精的正派。只是十分奇怪，汤里的花生，是小粒红皮花生，那个红，灿若胭脂，一点不混沌。如果真的是老火煲出来，花生必定模糊，汤色亦不可能雪白。一边饮，一边就在心惊胆颤，这个老火汤，究竟是如何煲出来的？用了什么高科技？

菜色大体不错，摆盘向法国人看齐，巨大的盘子里，砌一点点吃的，然后狂草一般挥洒点什么，弄得很米其林的样子。倒是不反对主厨们爱美爱思考，但是，中国菜不要忘记，灵魂是一个烫，一烫抵三鲜，连陕北农民都知道这条真理。何其不幸，我们还坐在出风口下吃点心，所有东西，一上桌就哆嗦得差不多了。隽美虾饺，一揭蒸笼，两个吃客，对望一眼，大有默契地剪断话头，眼疾手快风卷残云毫无风情地刷刷吃完。天，跟百米速跑一样，吃力得来。

自我总结一下，吃东西，一怕坐得尴尬，二怕茶不乐胃，人生二怕。

之二，女友带去吃咖啡，台湾女人于新华路开的咖啡馆。犹豫再三，还是去了。台北确实很多不错的咖啡馆，但是台湾女人在上海开的咖啡馆，我就比较不爱去，理由就不展开细说了。进门女友暗暗指给我看，喏喏，吧台上坐的就是女老板。一眼瞄过去，盛装中年女，剪个羽西头。我们三个人三杯咖啡，分了三次送上来，看在女友面子上，就闭嘴不疙瘩了。饮一口橙酒拿铁，女友询问滋味如何，想了想，还是说实话比较好。darling，跟全上海的咖啡犯同一个错误，拿铁里的奶，没有热过，冰冷地倒进咖啡里，于是，一杯拿铁温吞吞的，完全无香，像吃板蓝根。

临走，女老板来打招呼，女友小小讲了一句，咖啡不够烫，女老板立刻义正辞严拿我们当一窝菜鸟来科普。伊馆子里的咖啡，都是按照国际标准口味，60摄氏度来泡制的。我一听，翻个白眼，说走吧走吧。这种混蛋跟伊说理的兴趣都没了。

人体温度37，咖啡温度如果60，应该捧在手里啜个半天还烫嘴。可惜，我们那三杯温吞拿铁，两大口就落肚了。

疙瘩地自我总结，未来至少五年，不去台湾人在上海开的咖啡馆。

之三，天一凉快，就开始琢磨心思，置个新的铁壶。每年秋冬，觅个称心铁壶煮茶，自奉待客，是必备生活用品。这个东西，每日低头抬头见三百个面，必要一个妥当的才好。

正在想，友人就一声不吭默默送了一个来，桐木箱子提着，巨大一箱拎进门。洗洗手，先把一桌子的糟门腔香素鸭虾仁色拉都推到旁边，打开桐木箱子，取出铁壶，瞧一眼，嗯嗯，够涩，够静，够巍峨，友人问称心否，眉开眼笑答哈嗲哈嗲。

菊地政光的壶，八十多岁老师傅，标准的山形壶。壶体落落大方，细节极为周到，铜提手与铜盖，皆精雅。壶底有鸣金，煮水时候，可闻细细翻腾的声音，如松涛，如竹音，如溪鸣，等等。第二天早起，拿铁壶煮摩周湖的婴儿水，正巧听到BBC一档饮食节目里，世界名厨Madhur Jaffrey 在说，我做菜从来不听音乐，我要仔仔细细听食物的声音。这把铁壶煮成的陈皮普洱，是我近年饮过的最圆融的茶，一口直指人心。

用惯了铁壶，其他任何壶，都不够力气，原因很简单，铁壶能够达到的温度，远远超过100摄氏度，那种沸火滚烫，无以伦比。更何况铁壶煮水煮茶，带来的各种分子作用，将水与

Y 133

茶，弄得大幅度圆与润。

擦洗干净去年的旧壶，摆在新壶旁边，谢谢他，一年的辛苦。

疙瘩了足足一个礼拜，无非一个烫字。

玉露饮

于交友一道，我是很喜新厌旧的那种人，每隔三五十来年，换血一样，换过一票新友密密切切走动。旧的呢？旧的就像前尘往事一样，忘得干干净净。偶尔的偶尔，会在百无聊赖的午后，默默泛上心来，吟味再三，通常的感慨，不外是啊啊，当初怎么会跟这样的人做了朋友的呢，不堪回首地感怀一两句，然后干爽放下。倒也不是我刻意要喜新厌旧的，往往要怪旧友们自己，他们和她们，渐渐地无趣起来，熬尽了吸引我的智商和情商，变成一种无可奈何的灰烬。要维持灰烬依然红光满面蒸蒸日上，darling，你知道的，这是多么吃力的事情。所以，何苦呢？

都说蝎子深情第一名，无情也第一名。双料第一名，我觉得确实如此满有意思的。

至于数十年如一日的老友，自然亦是有一小票的，久经岁月考验，还是有趣以及有情。这些人精，想必是老天给我的礼物，也就是说，关乎前世今生。彼此生生世世牵涉太深邃，今生遇到了，不可能轻易放过对方。

M是新友，簇新的新，见过一面而已。京都大学出身，温文尔雅，识饮识食，糯是糯得来，谦虚是谦虚得来，好像不是这个红尘里的人。冬日召饮，饮的是京都的玉露茶，舞妓茶铺的一等一席茶。不用说，飞奔了去。

难得冬阳暄软，宽宽摆张茶席，水是世界软度最低仅0.1的日本摩周湖的婴儿水，茶是舞妓茶铺的少爷山下新贵制的玉露，2018年日本第一名。至于杯，别人是一套民国模样的蓝边白瓷杯，我的是一枚粉彩鸡缸杯。

M泡玉露，以特别的茶壶，是一种宽敞的浅钵，水煮沸，耐心晾到40度，差不多与人体同温，徐徐倾入，浅闷两分半钟，注入鸡缸杯内，并无满杯，仅一节手指高，M一声不吭，请各位闭目试味。一抿而已，举座惊艳，这个玉露之鲜灵，实在是平生所遇之魁首。清鲜之中，有极度浓郁，而浓郁之后，有仙气蒸腾，一泡饮来，灵魂飘举，神清，身轻。饮茶半辈子，从未遇过此种仙饮。

日本人最好的那些东西，仿佛都有这种气质，极浓与极清，非常反革命地融于一体，于不可能中偏偏可能，干净利落，不容置疑，纯粹到粹，死而后已。一个粹字，是灵魂精神。

M泡了第二款玉露，是舞妓茶铺的老爷子山下寿一之作，2015年的第一名。老爷子的茶，跟孙子的茶相比，老的，胜在苍劲，小的，灵在鲜逸。岁月不欺人，一杯茶上，看得见真章。

一边吃茶，一边闲话。第一泡的山下新贵的茶，贵价到九万人民币一公斤。跟M讲，要是我，这么好的东西，绝对不跟人分享，一定自己一个人关起门来吃。天下最好的东西，务必全神贯注，吃独桌，方能领略其中的曼妙与高妙。旁边有个人，岂不是浪费了一半心力在这个人身上？况且，如今的人，还要晒朋友圈，分心得杀人。M淡淡置之，像没有听见，将四泡之后的茶叶，点了酱油，铺于新出锅的白米饭上，端给我。

舞妓的玉露茶，于早春萌芽之际，蒙上一层荫蔽，让阳光缓缓照射，茶叶慢慢生长，以控制茶叶生长过程中的营养，制成的茶，味浓而清，绝对是一款秘诀，而涩味，控制在一凛之间，若有似无，饮来怅然若失。这个玉露，一共得过七次举国第一名，十一次关西地区第一名。

归途中，想起上海的老画家唐云先生，亦是喜欢拿绿茶的茶叶泡完之后，蘸了酱麻油吃干净的。据说，某年某日，唐云先生拿出一幅金农的册页，跟人讲，我三十岁的时候呢，觉得我比他画得好；如今我七十岁了，才晓得，他比我画得好。

与秋老虎周旋

江南日子，每年必经的一种辛苦，叫做与秋老虎周旋。此时此刻，夏已狼藉，而秋意仍不可捉摸，送往迎拒，厮磨得吃力。细汗薄汗，昼夜淋漓。偶得一掠而过虚虚一阵清风，便心驰神往，以为终于苦出了头，而秋老虎常常又神经兮兮愣头愣脑杀三个五个回马枪，弄得双方都精疲力尽，方姗姗而去，临别还不忘明年之约，真真惹人痛恨。

之一，湿腻天气，窗下读书吃茶，友人在微信里讲，淘得一册旧书，《书道要鉴》，日本书，1942年出版，书里夹了片残纸，日文的，darling帮忙看看纸上写的什么。

微信拍来的照片，端详了一下，那片残纸上写得一笔小小潦草的钢笔字，一望而知是日本人手笔，琢磨了两遍，看明白了，是一张名单，日本历代书法大家的名单，从中随便捡了一个名字，搜索一下，草场佩川，不得了，江户时代的儒学大家，精通汉诗，画得一笔精致墨竹，还是文武全才，云云。

再捡一个名字搜索一下，中林梧竹，日本的大书法家，人称明治三枝笔之一。此人51岁的时候，由当时到长崎驻任的清朝官员余元眉，提供中国的古碑、拓本，钻研书法。56岁的时候，跟随卸任归国的余官员一起，来到北京继续钻研中国书法。58岁时回日本，将临摹王羲之的十七帖，献于天皇陛下。漫漫一个下午，看了此人种种书作，晚年作品确实苍劲与圆融并举，出神入化，十分得道。黄昏天暗，跑去游泳，满脑筋还是那几个书法家的字。

淘旧书，常有如此的欢乐，书中夹带一点奇异物件，惊喜莫名。某年淘得一本英文诗集，装帧精美，抱回家细细翻，书里夹了一枚耶鲁大学的成绩单，半个世纪之前的东西，看了恍若隔世。再有一年，淘得一册小羊皮封面的精致菜谱书，书中手绘彩图枝繁叶茂，美得不得了。夜灯下一页一页看过去，就掉出来一张旧纸，一张手写的圣诞晚宴的菜单，书的前任主人，写得洋洋洒洒，一副年节盛景，有声有色。淘旧书遇到这样的惊喜，堪比藏娇之乐。

之二，秋老虎肆虐的季节，有一件好物开始临市，石榴。每日午后榨一大杯石榴汁，献给自己。我城见到的石榴，多来自云南陕西等地，粉红色居多，十分想念的，是新疆的石榴，浓醇如血，华丽不群，那真是令人灵魂激荡的滋味。某日一边饮石榴汁，一边与身在德黑兰的友人聊天，伊朗的石榴是不是也上市了？那道伊朗名菜，拿极酸的石榴汁与核桃粉，炖鸭子，滋味很像上海的糖醋排骨。友人波斯专家，惊讶我这个菜鸟，把这道伊朗名菜也吃了。然后在微信上拜读友人的文字，写一位德黑兰的吟游诗人，白荷奴，四十多岁，高鼻深目，英俊迷人，手里总是拎着密码箱，箱子里一直备有袋泡藏红花茶，两把梳子，一把梳头，一把梳胡子，和三个手机。据友人写，此人是两伊战争的老兵，亦是家传的吟游诗人，九岁就跟着父亲学唱，退役之后，白先生的工作之一，就是吟唱诗歌，出入各色豪华堂会，唱法据说融合了清真寺中宣礼念经的唱法和西式的美声唱法，为伊朗特有的一种歌唱，极为亢亮雄浑，叹为观止。一边看一边垂涎三千丈，友人在微信里讲，喜欢听这个啊？容易，我找老白录一段给你。被友人说得那么轻而易举，我倒是一呆，天涯咫尺，现代通信太可怕了。想想看，死样怪气的秋老虎天气里，来一段干燥奔腾气贯长虹的波斯吟唱，是何等让人神旺的一种维他命。

之三，心情乌苏的日子，常常独自跑去某餐馆吃点心，难得格局轩朗的馆子，一派冰蓝色调，清凉淡泊，让人安静吃个一盅两件。某日点一客黄芽菜肉丝春卷，老派上海家常春卷，试了试，八分及格，失掉的两分，是不太满意春卷做得太肥大了，上海人的春卷，要细致娟秀窄窄一卷，才好，过分肥大了，就粗蠢如油炖子了。

1978年老教授家里的吃

三伏天气，清白心思，布衣酽茶，闭门读书：《赵景深日

138 饮食笔记

记》。

赵先生28岁已是复旦大学中文系教授，今日想来，是不可思议的辉煌履历，所有猎头看到，想必不是下手抢，而是怀疑真的假的。这本日记，是赵先生晚年，1976年至1978年仅剩的一点点日记，说起来是弥足珍贵的。赵府当时在四明里6号，赵先生日日盘桓的左近，复兴公园襄阳公园淮海公园妇女用品商店转弯角子等等，一溜是我熟透的老城。惨淡的是，四明里，今已不存，当年造成都路高架，拆干净了。

赵先生日记每日字数定额，半幅工作手册，必录早餐食物，以及每日研读书写，访客出入往来。非常有意思的是，只要是家里留客，吃得略丰盛一点，赵先生必一碟不漏地仔细记录。细细翻了下，这种日子的日记，通常是三行写晴耕雨读，两行半写菜谱。以这种篇幅比例，可以端详出赵先生晚年，于吃食的眷眷深情。没有互联网，没有电视机，亦没有四海旅行的古旧岁月里，一枚暮年老人家，即便是世界级学贯古今的老教授，最深沉的消遣，不过是听听无线电，吃吃好吃的。这个真是令人大举兴叹的事情。亦想起，当年第一次去看望米容的母亲，老太太八十多岁，讲一口老闺秀的剔透法语，跟我讲，人老了，牙一定要好，而且一定要自己的牙，吃东西才会有滋味。而吃东西，几乎是，暮年全部的愉悦。很记得老人的叮嘱，一直十分当心一口牙齿，家里洗手间有牙刷，厨房里也有牙刷，连包子亦知道常常查看我的牙，够不够闪亮。

"七月某人来，留便饭小酌。四冷盘，色拉，酱鸭，咸蛋，虾米豆芽。四热菜，排骨，鲳鱼，口蘑肉片，丝瓜油腐。啤酒，大米饭。"

四冷盆，四热菜，这种菜谱，很暖心，很像四明里小楼人家的便饭。除了咸蛋充一冷盘，略显草率，其他色色，简直看不出，是物质清贫的1976年。口蘑一词，屡屡出现在赵家的菜谱上，读起来相当口涩，上海人通常不用口蘑的说法，蘑菇便是了。

"数日后，亲戚来，家人去街上买熟食待客，赵先生记录，饭馆不用肉票，熟食店要。"

"八月某日，晚饭后吃湖州最后一瓜，红瓤，稍生，还好。今天是末伏，人参汤吃到今日为止。"

"九月初，某某送来肉月饼四十个，她曾排队两小时多。"

看来，光明邨排队故事，不光可以点亮白痴微信群，亦足可载史册的了。

"九月末，中午吃锅贴夹火腿，甚高兴。"

锅贴如何夹火腿？痴想千秒，悟不出来，不太高兴。

"十月中，晚间焕文回家，带来三只大蟹，阿姨剥了，明天准备做蟹粉馒头吃。"

那时候的人啊，有得是漠漠光阴，真奢侈。

"十二月中，留郑逸梅，陈汝衡，方诗铭，徐扶明等午饭，四冷盘，龙虾片，油炸花生，酱鸭和肫肝，三热炒，炒三鲜，肉片口蘑，青菜。大菜，蹄髈，红烧鸡，什锦汤。"

这天其实是《小说史略》座谈，写座谈三行，写午饭两行半，实实足足。四冷盘，全盘高热量高油脂高胆固醇，今天绝对不作兴如此待客。蹄髈以及红烧鸡，亦是狂轰滥炸。当年是体面，如今仿佛不是了。

次年，"1977年，1月，中午希同预祝77岁生日，吃馄饨。四冷盘是，油炸花生，龙虾片，鲍鱼，红肠叉烧。后两盆是超林到几个地方去拼买来的。"

希同是赵夫人，超林是养女。鲍鱼冷盘，费思量。油炸花生龙虾片之下，忽然接一盘鲍鱼，属于跌宕急转弯。

"四月，晚间某某送来毛笋一捆，黄芪一包，鲫鱼一条，《菁庐诗稿》一册，报以香烟三条，食糖两斤，糖果和点心三包。"

再下一年，"1978年，3月，九九已过，不再服用人参，改服白木耳。"

"四月，太仓路216号绍兴妈妈开始在我家做上半天工作，她是自己有粮票的。"

这位绍兴妈妈上工的第二天，主要工作，是剥胡桃肉。无法想象，老教授还明察后厨帮佣女工的工作内容，并详细记录。

这本日记，好几天，带着去咖啡馆断断续续读，一边读，一边相当饿，坐立不安地，推杯而起，回家煮东西给自己吃。

最后再录两条比较跑题的。

"1976年6月某日，睡午觉时听了三弦，手风琴等演奏的常宝哭诉和沙家浜夜袭两节，甚佳。"

"1977年2月某日，晨5：40，听大庆批四人帮对话，6：30听北京新闻，有朝鲜将统一，《人民日报》有评论，邓颖超访问缅甸等。"

随手写点日记，是多么必要，至此，不用我说，大家都了然了。

烟女与烟男

吸烟这件事，这几年已经火速沦落成了一宗罪，健康罪加道德罪以及行为罪，稠人广座中，吸点烟，如今变得跟吸毒赴死一样，要有胆色才做得下来。身边吸烟的友人，便也渐行渐少，尤其前中年到后中年的男女们，一个个慌慌张张跟上主流社会的道德步伐，一一将烟狠狠戒绝了。还好的是，友人里毕竟还是有特立独行的绝色家伙，自顾自地，反潮流地，将烟香喷喷地吸下去。而这些硕果仅存的烟女与烟男，大多真的是杰出的人之精华。

蓉太太年轻时候是名动四方的精致美人，捧着热茶，跟伊如此唏嘘往事，蓉太太翻一个袖珍白眼，淡淡道，darling啊，年轻时候，有不美的吗？蓉太太如今年过半百，模样尺寸仿佛半生不曾变过，气质轻轻瘦瘦的，飘渺得不得了。这些年，蓉太太连眉眼亦比从前愈发地淡了。在这个狂涛奔腾的人生怒海里，蓉太太守望着一围淡静家园，波澜不惊，真真聪明安详。因为长年吸烟，蓉太太的脸颊上，便有一片抹不去的烟色，在我看来，倒是更有一番深沉古意。如今的女子，个个争先恐后地，将自己往晶莹雪白里打扮，其实，很多时候，女子白着一张无知无脑的脸,是非常令人痛心疾首的一件事情。可惜,女子自己并不知道,这个时代也不见得知道。

某日去剪发,在理发店里一边热气腾腾蒸头发,一边无聊翻杂志,蓦然翻到一页,是男友申的小文,满版的文字,还配了一张相当精致的作者小照。情不自禁捞起来仔细端详,很久不见的申男友,五官笔挺,一脸烟容,半腔文人忧愁写满细致眉眼,气质亦秀逸亦沧桑,真真不好形容。搁下杂志,思绪有点万千。当年初识申男友,很是赞叹伊的穿着精致,尘土飞扬的本埠男生里,竟然还有如此出尘离世的一枝独秀。然后就为伊的满面烟容吓得震惊一跳。当年申男友年纪那么轻,行为那么怪异,思想那么歪门邪道,再来这么一脸异常烟容,我是真真有点担心事。私底下问伊,darling不会是吸着鸦片吧?申男友一副灰飞烟灭的神情,狠狠白我一眼,darling不要瞎话三千,没有吸鸦片啦,我长相如此,你就当我福建人好了。那日剪完头发,微了一句给申男友,在理发店看见你的小照,越来越像德永英明了。伊不胜苍茫地微回来,darling啊,光阴如水,我已经从香取慎吾老成了德永英明。

烟女与烟男,最大忌讳,是讲话万万不能高声,务必轻声细语。烟女一大声,成了流莺;烟男一大声,则成了打手。

饮食笔记

喜欢饮食,然后刚好还认识几个字,这样的我,超爱读饮食笔记,家里角角落落,常有一小堆一小堆的饮食书书,就像厨房里堆着洋葱胡萝卜一样,随时坐下来,翻几个章节,然后心潮澎湃一下。

这个初夏,刚看完图文并茂的《饥饿星球》,两位作者走遍全球24个国家,探访30个家庭,吃了600餐饭,交出这样一本盆满钵满的饮食笔记来。这本巨大的书书,副题是世界在吃什么,有点发人深省的社会学趣味。两位作者每到一个家庭,

请全体家庭成员，跟他们家一个星期的食物，站在一起，合影一帧，看上去，大有视觉冲击力。笔记亦写得相当来劲，猛料滚滚。早餐桌上，我讲给包子听，一个格陵兰岛的四口之家，父母亲最热爱的食物，分别是北极熊和鲸鱼皮，他们家的家常菜，是炖麝牛配意大利面和鲑鱼咖喱。他们的孩子，在冰窟窿里钓鲑鱼，钓饵是海豹的肥油。如果猎到了海豹，妈咪会把好肉炖给家人吃，差肉喂给雪橇狗吃，海豹的皮要晒干来卖。包子听得目瞪口呆，心情复杂地缓缓放下手中的肉馒头。

相似的饮食笔记，还有2008年出版的《八十顿晚餐走遍世界》，作者是获奖无数的一对资深饮食笔记作家，他们花了三年的时间，行5万英里，跨10国，吃800餐，写成这样一本丰盛结实的笔记，这种书，我一拿起来，久久放不下。

多年前曾经像重磅炸弹般轰炸了美国人民的畅销书《快餐王国》，至今读来，依然雷霆万钧。当年耸人听闻的书评是这样说的，今年，美国人民花在快餐上的钱，将多过他们花在高等教育上的。作者在这本书里，详细告诉你，美国快餐业正在如何具体地改变全国人民的胃口以及整个国家的文化风貌。有书评甚至呼吁，每一个识字的儿童，都应该读一遍这本书。书后长达百页的索引和注解，令人对作者肃然起敬，写饮食写到这个境界，不畅销才怪了。

2009年出版的《杂食者的困境》，副题食物背后的秘密，继续发扬这种耸人听闻的饮食笔记风格，而细密的田野调查，对象从快餐扩展到了全体食物。诸如：今天的美国人民，每五餐里，至少有一餐是在车里吃完的；一块包含38种原料的麦乐鸡，其中至少有13种原料来自玉米；因为肥胖症的大肆流行，今天的美国儿童，可能成为第一代，比自己父母短寿的美国人，等等。

中文的饮食笔记也是颇有一些的，可是好看的，就罕见了。通常是文人偶尔写一篇，还满好的，自诩专业的美食家，跑出来壮志凌云地写一本，就没法看了。这点有限的吃喝见识，翻箱倒柜掏出来写饮食笔记，能撑到十篇，差不多已经撑死了，撑一本书，真真勉为其难了。

Z

146　饮食笔记

粥事

腊月里，重阴未解，云与雪，商量未了。

阴恻恻的清晨，友人来吃粥，天冷了，屋里频频来粥客。

隔夜炖的粥。从前弄粥麻烦，这个东西跟白灼海鲜有得一拼，都是吃个立等可取，煮成了，搁个五分钟，都彻底不是滋味了。若是待客，尤其麻烦。客人进门，亲爱抱抱，缠绵得略久一点，锅里的粥，就看也看不得吃也吃不得了。时间分寸真真不好拿捏，我说的是粥。

如今简易了，因为有了电子炖盅，半夜里，费时几个钟点，悠悠炖起来的粥，只要不去惹它，始终是在最佳粥态的，不柴不泻，凝润有度，分分钟催人泪下。因此，友人清早来吃粥，我都散漫睡到自然醒，醒了还懒在床上跟nana小朋友玩一玩。

这日炖了两款粥，莲子银耳粥与乌米黑豆粥，一白一黑，意气风发。莲子银耳粥没什么，乌米黑豆粥比较稀奇，乌米是友人给的，宜兴特产，暮春季节，摘取山上的乌树叶子，捣的汁，浸透的糯米，清香婉约动人。乌米煮成甜食居多，夹油夹沙，简直是天上人间无以上之的美味。

拿乌米煮粥，粥里的黑豆，是包子去年夏天，于日本农家寄宿劳作，带回来给我的丹波黑豆，是他寄宿的农家，自己栽种的。丹波黑豆真真是天下一品的好物，软糯芬芳，滋味极厚，口感好到难以置信，是我吃过的，世界第一名。而且，无论怎么煮，豆皮绝对不开裂。炖成的乌米黑豆粥，真的是绝色佳美。

闹着来屋里吃粥的，大多是迷恋我这里的琳琅粥菜，铺陈一桌子，十个碟子通常是至少的。粥菜日日不同，看你运气了，屋里有什么，给吃什么，好些粥菜，是旅行途中随身带回来的,吃完了,下一碟,不知何年何月才有。聚散随缘,食粥亦是如此。

　　写一个碟子。平翠轩的金芝麻沙丁鱼,日本的。冈山那里一间名叫森田的家酿清酒的百年老铺,传到第四代的森田昭一郎,清酒生意萎缩,昭一郎于1990年,将老铺的仓敷改造成后来的平翠轩,专卖全国各地独一无二的手工制作的美味食品,绝大多数是极小品牌、极小规模的独门美物,所有食物,统统是昭一郎走遍全国,一间一间亲自寻访得来的。所有食物全部不含防腐剂,你想想,这是多么微小、多么勤勉的生产规模。这个铺子,亏损三年之后,才慢慢赚钱。前几年,应邀开到银座,如今是万众瞩目的美味名铺子。森田家族是冈山当地的大地主,平翠轩,是家中庭园的名字。到底是大地主家的四代孙,品味卓越,鹤立鸡群,亲自选拔的美食,果然件件精品,震撼人心。我真想,我们也有退思园春在堂之类的美食品牌,出自大地主家族或者读书人门庭,不用说,自然是妄想。

　　金芝麻沙丁鱼,小小一袋,寸把长的沙丁鱼,原条熬煮成珍味,密密裹一身金黄芝麻细泥。沙丁鱼煮得极透,极甘,不腥,无刺,最厉害,是没有一滴油。浓郁香醇,口感复杂,鱼香,酒香,芝麻香,甘美无匹,实在是伴粥隽品。喜欢这种普通甚至廉价的食材,注以聪明技巧,慢煮慢炖整顿出来的美食,蓄满岁月的细致香甜,那是真懂经。

　　而如此的粥,以及粥菜,除了家里,哪里还有得吃呢?

　　顺便再写一笔沙丁鱼。沙丁鱼,几乎是最最廉价的海鱼了,沙丁鱼罐头,是我非常喜欢的食物。饿疯的时候,煮一碗清水面面,开一个沙丁鱼罐头,倾在滚热的面面上,拌一拌,压倒一切快餐。年轻时候做记者,狂风一样卷来卷去,三餐常常不继,靠沙丁鱼拌面面,活过很多世界大事。后来包子亦是被我如此喂大。沙丁鱼罐头,葡萄牙的极好,往返澳门的友人们,帮我带过很多很多次。

　　于东京银座吃夜酒,又美又浓的妈妈桑,一款拿手的下酒菜,打开沙丁鱼罐头,搁一把山椒,连罐头直接入烤箱高温炙烤,十分钟后,清油沸腾,椒香四溢,配一口冰凉的百年孤独，darling，那是好到无话可说的良宵。

最后的晚餐

吃得很饱的时候，出道偏题，高考各位darling。

最后的晚餐，darling啊，你想吃什么？

深情老男人略一沉吟，一字一句认真讲，红烧肉，白米饭。肉要五花水晶的，炖得恰到好处，颤巍巍的，米饭务必要雪白，要热腾腾，不要黄，也不要糙。老男人神色沉痛，交代得斩钉截铁不容分说。我在心里哗哗笑倒，不用讲，这样老农风情的一餐，于老男人，必定是久久久违了。老男人弹一手精致肖邦，清夜里聆听起来，很飘很诗很悱恻。跟伊吃了半辈子饭，吃得最多的，不骗你，是红薯焖米饭。上个礼拜，一腔热血约伊去吃某小馆的名肴猪八戒踢足球，就是红烧蹄髈焖蛋，伊那满面的不屑，我还记忆犹新的说。伊看我一肚子笑意吟吟，叹口气，讲，一辈子不能跟你讲心里话的，讲了，被你笑成这样子。

微乳细骨的少妇人，一听我的偏题，婉转蛾眉，细声细气地讲，最后的晚餐啊？谁煮给我吃呢？我还能吃到我姆妈煮的饭吗？一句话，一个媚眼，我倒给她讲得眼睛潮潮的。要是真的吃得到，darling啊，我想吃红烧带鱼，雪菜豆瓣酥，油焖茭白，清炒水芹菜，萝卜丝鲫鱼汤。姆妈活着的时候，家里吃夜饭，四菜一汤，蓝花碗，瓷汤盅，竹筷子，电灯黄澄澄的，收音机里听听蒋月泉严雪亭，一吃吃脱半个夜里厢。我提醒伊，不吃肉啊？最后的晚餐哦。少妇人翻我一个江南大白眼，人家从来不吃肉的，姆妈讲的，肉腥气来兮，吃肉的女人蠢头蠢脑，屋里厢只吃鱼，顶多吃点肉边素。少妇人讲到此处，一脸的娟娟秀色风起云涌，我陪衬在侧，只觉自己活生生傻大姐食肉兽粗得无地自容。不过话说回来，少妇人的这最后一餐，当真家常秀美，有姆妈的手香和体温。

隔日邂逅踌躇满志的金融巨子，大力拍伊阿曼尼西装包裹的秀挺肩头，darling啊，讲讲啊。这个一贯口若悬河分析国际金融局势大开大阖从来不打草稿的人之精华，面对如此偏题，扶着金丝边眼镜，咽下一大把傲气，低调诚恳地讲，darling，最后的晚餐啊，我想吃贴玉米饼子，炖一巨锅酸菜粉条，大白肉片子，片得肥嫩肥嫩的，酸菜最好是有机的，粉条得是粗黑有劲的，玉米饼子你会贴吗？松脆松脆金黄金黄的，你肯定不会你。伊那个口若悬河的劲头说着说着就上来了，五分钟之后，伊把这顿一锅出的酸菜粉条贴玉米饼子，描绘成了金镶玉的满汉全席，我在一旁听得疯狂流口水，最后苦着脸，跟人之精华讲，darling啊，我好饿啊。

回家也拷问包子小人，最后的晚餐，包子想吃什么？小人脑筋急转弯，万一是早餐怎么办呢？我闭上双眼，跟包子讲，不管不管，就当那顿是晚餐吧，吃什么？包子想也不想，冷静地讲，妈咪，我要吃粥。我有点晴天霹雳，并意犹未尽，追着问，什么粥？包子答我，白粥啊。这样无印良品的一餐啊，我家小人超禅，我有点头大。

做人客

大概要算是比较好命的女人，在人人老死不相往来的新世纪，身边却有种种友人，不断温情脉脉地请我到家里，又坐又吃又白相。这样的暖冬，脱了坚硬的靴子，在友人的客厅沙发里软软地坐，细水长流地吃，惊天动地地笑，是美不胜收的一个又一个好日子。

之一，友人的八旬老母从纽约来，在本埠住一个冬，老太太是我的白金粉丝，把我的小文字翻来覆去地喜欢了又喜欢。可惜的是，老太太目力有限，今年已经看不了字了。友人说，母亲要我去家里做人客，午后读点我的小文字给她老人家听。友人跟着说，母亲知道你爱吃，备好了蟹粉汤团等侬吃点心。

我在电话这头笑意盎然满口应承，问，那么，老太太想要点什么？我带了去。老太太说，要是有好的腊梅，劳你带一捧来。于是开着车，直奔花市，抱了大捧的腊梅，自己先把自己香倒了。

到了友人家，停妥车，怀抱着大捧的腊梅，迤逦走过友人宽阔的院子，惹得人人侧目耸鼻，那个香呀。老太太候在门边，欢笑如同稚龄小童。我在客厅里慢慢琢磨着把腊梅一一插入花瓶，老太太坐在藤椅里细细端详，一再地说，花是中国的好，这花是有姿态的，洋人的花，没得比，他们的花，讲究的是花骨朵儿大。那一个午后，于老太太的客厅里，读书、讲笑、吃点心，老太太英语法语上海闲话，百花齐放地感动我，满足得不知所措。坐到暮色四合，起身告辞，老太太拥我入怀，在我耳边切切地说，你要常来的。离开时，她家的厨房里飘出晚炊浓浓的红烧羊肉气息，滚在腊梅的清香里。上海人家的晚冬啊，一路开车回去，一路想个不停。

之二，亲爱女友电召，嘱我去家里吃晚饭，电话里一再嘱咐，早点来呀，从午茶开始，吃到夜宵。她家有个绍兴保姆，烧得一手相当不坏的小菜。欣欣然应召而去。当日果然从午茶开始吃起，吃到黄昏，女友说，打个电话给老公，叫伊早点回来吃夜饭。她家老公，是个超级爱吃的人才，人生里，基本上，是食物左右了一切的喜怒哀乐以及言行举止。女友捞起电话打到老公手上，说，屋里有人客来，侬早点回来吃夜饭。她老公冷静地在电话里问，今朝夜饭吃什么？女友直起嗓子，把绍兴保姆从厨房里唤过来，先生问侬，今朝夜饭吃什么？保姆立在太太身边，严肃认真地报告，太太，今朝夜饭四只小菜，雪菜目鱼，咖喱牛肉，鱼鲞拆肉炒芹菜，红烧划水。女友一一转告电话里的老公，她家老公听完，继续不动声色，冷静地问，格么，汤呢？太太转过脸来，问保姆，先生问，汤呢？吃啥个汤？保姆双手握在胸前，飞半个绍兴媚眼，尖声尖气地回太太的话，汤呀，今朝夜里烧只从来没烧过的汤，给先生一个惊喜。太太翻半个白眼，对电话里的老公说，汤是只惊喜汤。老公一听，顿时精神振作，好格，我马上收拾收拾，回来吃夜饭。

做人客的乐趣，是不是无穷？

图书在版编目（CIP）数据

饮食笔记/石磊著.—郑州：海燕出版社，2023.6
ISBN 978-7-5350-8526-9

Ⅰ.①饮… Ⅱ.①石… Ⅲ.①小品文-作品集-中国-当代 Ⅳ.①I267.3

中国版本图书馆CIP数据核字(2021)第058217号

封扉国画	周　颖
封扉题字	周　颖
内页插画	吴藕汀
装帧设计	范峤青

饮食笔记

出 版 人：李　勇	选题策划：李喜婷
责任编辑：陈曙芳	责任校对：屈　曜
美术编辑：马晓璐	责任印制：邢宏洲

出版发行　海燕出版社
　　　　　地址：郑州市郑东新区祥盛街27号　邮编：450016
　　　　　网址：www.haiyan.com
　　　　　发行部：0371-65734522　总编室：0371-63932972
经　　销　全国新华书店
印　　刷　河南瑞之光印刷股份有限公司
开　　本　700毫米×960毫米　1/16
印　　张：10
字　　数：200千字
版　　次：2023年6月第1版
印　　次：2023年6月第1次印刷
定　　价：48.00元

如发现印装质量问题，影响阅读，请与我社发行部联系调换。